竭尽全力或许会发生奇迹！

来自太空的孩子

The Kid Who Came from Space

[英]罗斯·韦尔福德 著
余海伦 译

中信出版集团 | 北京

图书在版编目（CIP）数据

来自太空的孩子 /（英）罗斯·韦尔福德著；余海伦译 . -- 北京：中信出版社，2022.6（2023.6重印）
书名原文：THE KID WHO CAME FROM SPACE
ISBN 978-7-5217-4263-3

Ⅰ.①来… Ⅱ.①罗…②余… Ⅲ.①儿童小说—长篇小说—英国—现代 Ⅳ.① I561.84

中国版本图书馆 CIP 数据核字（2022）第 063126 号

Originally published in the English language by HarperCollins Publishers Ltd. under the title:
THE KID WHO CAME FROM SPACE
Text copyright © Ross Welford 2020
Simplified Chinese translation copyright © 2022 by CITIC Press Corporation
Translated under licence from HarperCollins Publishers Ltd.
Ross Welford asserts the moral right to be acknowledged as the author of this work.
ALL RIGHTS RESERVED

本书仅限中国大陆地区发行销售

来自太空的孩子

著　　者：〔英〕罗斯·韦尔福德
译　　者：余海伦
出版发行：中信出版集团股份有限公司
　　　　　（北京市朝阳区东三环北路27号嘉铭中心　邮编 100020）
承　　印：北京顶佳世纪印刷有限公司

开　　本：880mm×1230mm　1/32　　印　张：10　　字　数：199千字
版　　次：2022年6月第1版　　印　次：2023年6月第3次印刷
京权图字：01-2022-2299
书　　号：ISBN 978-7-5217-4263-3
定　　价：39.80元

版权所有·侵权必究
如有印刷、装订问题，本公司负责调换。
服务热线：400-600-8099
投稿邮箱：author@citicpub.com

第一部分

12岁失踪儿童的搜救工作仍在继续

12月27日，诺森伯兰郡基尔德镇

诺森伯兰郡警方正在寻求公众的帮助，寻找一名于平安夜那天在诺森伯兰郡基尔德镇失踪的12岁女孩。

塔玛拉·泰特（昵称"塔米"）最后一次被人看见是在12月24日傍晚6时左右，当时她正骑自行车离开在观星酒吧附近的家。

据描述，她是白人，中等身材，身高约一米六，金色头发，棕色眼睛。最后一次被看见时，她身穿一条蓝色牛仔裤和一件北面牌的红色羽绒服。

志愿者队伍和警察已经花了两天时间，在英格兰和苏格兰边界附近进行搜寻，范围包括偏远的村庄、周围的森林和荒野。

如有人见过塔玛拉，或知道她目前的下落，请与警方联系。

如有信息提供给警方，请致电"警察热线"：131411，或拨打"阻止犯罪热线"：18333000。

第一章
海利安

我又看了一遍面前闪闪发亮的简介牌：

生物类型：人类女性

来源：地球

年龄：约 12 岁

这一全新的展品将在其情绪稳定之后，被进一步引入地球区展览馆。

我望着眼前这个邋里邋遢的生物，很想伸手穿过看不见的屏障，握住它的手。（这是既不允许也不可能的：这道屏障会把我瞬间弹开，让我疼痛不已。）

它的头发……

好吧，我必须停止用"它"。牌子上说这是个女性，所以应该是"她"。

她的头发披散下来，一缕一缕地缠结在一起，我真想看看它们干净时的样子。她的皮肤苍白又光滑，上面点缀着深色的斑点（在她的语言中，这被称为"雀斑"）。她的衣服与地球区其他人类非常相似。下身是一条面料很粗糙的裤子，上身是一件填充物很厚实的亮色衣服，双脚还踩着一双系着绳子的大鞋。

她脏兮兮的脸蛋上满是泪痕，布满血丝的眼睛里泛着水汪汪的泪花。她一直在呜呜地哭（这很正常，人类经常这么干）。尽管她已经服用了原子级的机械药物，中断了她的很多主要认知功能——

（等等，这么说是不是太复杂了？菲利普建议我说成："她所服用的药物使她的大脑变迟钝了。"我觉得这两种说法都差不多，你自己选吧。）

但是她的眼睛里仍然闪耀着生命的光芒。也许是剂量的计算有误，或是她对其中的某些药物有抵抗力。

不管怎样，她看向我。我为之一震：人类的面部表情竟可以如此富有表现力！

她把一只手放在胸前。有那么一瞬间，我以为她在做有心人的手势，但显然，她不是。

她只是目不转睛地盯着我，说："塔——米。"

就这些，只有这两个音节。

"塔——米。"她又说了一遍。

我向肩膀两侧瞟了瞟。在我举着私人向导录这一段时，并没有人在我身旁。这里虽然不完全禁止与展品进行交流，但也不鼓励这么做。

这是她的名字吗？我很纳闷。

尽管我难以模仿这些声音，我还是照着她所说的音节念了一遍。

"塔——米。"我说。

她点了点头,摆出一副奇怪的表情,好像既想哭又想笑。我不是很明白,直到现在也不能完全明白,人类真是太奇怪了。

我模仿她的手势,说出我的名字。

这个人类女性重复了一遍,可听上去和我的名字差了十万八千里。她又试了一遍,这次接近了点。我反复练习了好几次,试着用她的发音方式念我的名字。

"海利——安。"我说。她的嘴角缓缓扬起了微笑。

她使劲眨了眨眼,对着我重复了一遍。我发现自己也在对她微笑。

随后她收敛起笑容,又说了另外两个音节:"伊——纷。"

一个声音从牌子旁的扬声器里传来:"您的时间到了,请移步向前。您身后还有一队观众在等候参观新展品,请勿超过给您所分配的时间。下一位。"

这个人类看着我离开。这时,有两个新观众排着队过来了。她退回到围栏后面,坐在地上。

"塔——米。"我经过站在展厅边上的助理顾问时自言自语道。

"这是你第三次来这里了,"助理顾问说,"也是第三次和展品交流了。我盯着你呢。"

但是他没有大声说出来。他也不需要这么做,他只需要狠狠瞪我一眼,就已经足矣。

这就是这里的行事方式。每个人都循规蹈矩，没有人敢越雷池一步。

在返回居住舱的路上，我竭力板着面孔，可我真的很想皱起脸来大哭一场。然而这么做会立即让我显得格格不入，因为这里的人不会为了这种事而哭，或笑。

于是我在脑海中重复着她的名字，一遍又一遍："塔——米，塔——米，塔——米。"

我在私人向导上回放了她说起自己名字的这一段，她还说了别的东西。

伊纷是什么？我很好奇。她就是这么说的：伊——纷。

也许有一天，我会找到答案。

因为我要把塔米送回地球。

这将会危险重重。如果我失败了，我将被罚在睡梦中度过余生。

如果我成功了呢？嗯，我可能还得为了另一个展品再一次重蹈覆辙。

拥有感情真是太遭罪了。

第二章
伊森

我的双胞胎姐姐已经失踪四天了，所以当门铃响起时，我以为是警察，或又一个记者。

"我去开门。"我对妈妈和爸爸说。

奶奶在圣诞树旁的大椅子上睡着了。她穿着运动套装，头往后仰着，嘴巴张着。树上的灯已经好几天没打开了。

大门一开，只见伊格内修斯·福克斯-坦普尔顿（简称"伊基"，以便听上去稍微没那么奇怪）站在门外，他穿着厚厚的外套和短裤（尽管下着雪），戴着一顶鸭舌帽，一只手拿着钓鱼竿，另一只手臂夹着他的宠物——一只名叫"苏西"的鸡。他身后背着一个大大的包，一辆锈迹斑斑的旧自行车躺在他身旁的地上。

有那么一会儿，我们只是站在那里，盯着对方。我们也算不上什么好朋友。自从塔米在平安夜失踪开始，我们的见面就陷入了这种尴尬的局面。（我差点儿用钢琴盖弄断了他妈妈的手指，但他表示没关系。）

"我，呃……我只是想……我在想，你懂的，你是否……呃……"在正常情况下，伊基不是这样的，但就算在正常情况下他也不太正常。而且，现在没有什么是正常的。

"谁来了？"妈妈在屋内疲惫地问。

"别担心，妈妈，没什么大事。"我回答道。

在过去的一两天里，妈妈的情况越来越糟。我们都睡不好觉，但我觉得妈妈压根儿就没睡。她的眼睛下方有两块蓝灰色的斑，就像被弄糊了的眼妆。之前，爸爸一直在酒吧忙里忙外，协调搜索工作，可他现在已经无事可做了。每个人都来帮助我们，这意味着我们唯一能做的就是坐在那儿，更加忧心忡忡，泪水涟涟。经常来访的警方家庭联络员桑德拉说，这是"意料之中的事"。

我又转向了门外的伊基。

"你想怎么样？"我说，听上去比我想的要更直截了当。

"你……你……呃，你想去钓鱼吗？"在厚厚的镜片后面，他的眼睛在扑闪扑闪地快速眨动。

这实在是太怪异了。或许你不太明白我为什么会有这种感觉。不瞒你说，在过去的几天，我所熟知的世界里尽是担忧和眼泪，还有来去如风的警察，拿着相机和笔记本想要采访的记者，以及尽管爸爸的酒吧有一个巨大的厨房但还是给我们带来食物的小镇居民（现在我们有两个肉馅土豆饼和一个硕大的奶油蛋白甜饼），还有桑德拉。爸爸、妈妈和奶奶设法一起处理所有事宜，就连安妮卡姨妈和扬叔叔昨天也从芬兰飞来了，因为……好吧，我也不知道为什么，可能是为了"安慰"我们吧。

这全都因为四天前，塔米从地球上消失不见了。从那以后，一切都乱了套。

因此，当伊基突然出现，并邀请我去钓鱼时，我第一个蹦出来的想法就是：你疯了吗？但随后我明白了。

"这是桑德拉的主意吗？"我一边问，一边半掩着门，不让寒气钻进来。

伊基似乎并不介意，他拿出他特有的自信点了点头。伊基已经认识桑德拉了：他有好些理由让警方的家庭联络员上门拜访他家。

"是的。她觉得你可能想出去待一会儿。你懂的，换换环境，还有那些胡拉瞎扯的。想想别的事。"

胡拉瞎扯。这是一个很有伊基风格的词。他没有太多本土口音，但也算不上有高雅腔调。他似乎拿捏不准自己的谈吐，只能用一些稀奇古怪的词来填补这两者间的差异。

"所以，我就来了！"他举起钓竿，然后朝苏西点点头，补充道，"我们就来了。"

我不是很清楚伊基的情况。爸爸一点儿也不喜欢他，自从我们来到小镇不久后爸爸抓到他从酒吧的储藏室偷了一盒薯片开始。他妈妈埋怨我们没把外屋锁上，所以爸爸也不喜欢他妈妈。他妈妈养蜜蜂。我猜，她和伊基的爸爸离婚了。

尽管如此，我不得不承认：伊基的行为是相当友好的，即使这不是他的主意。可我一点儿也不喜欢钓鱼。苏西伸出脖子，想让我挠一挠。我把手伸进它温暖的羽毛里，成全了它。说实话，我对苏西也心存疑惑。毕竟，谁会养一只鸡当宠物呢？

我一边给苏西挠痒痒，一边想：还能有什么更糟糕的事呢？

于是我回头扫视了一圈客厅。爸爸去厨房打电话了，妈妈怔怔地盯着关掉的电视机，奶奶轻轻打起了鼾。房间里热烘烘的，火炉里的残余火苗闪着白色和橙色的光芒。

"妈妈，我出去一会儿。"我说，"呼吸一下新鲜空气。"

她点了点头，但我不确定她是否听进去了。她现在满脑子想的都是塔米。

塔米，我的双胞胎姐姐，她从地球上消失不见了。

第三章

警戒线 请勿穿越——带子还在那里，拉在塔米的自行车被丢弃的小路上。警察已经在狭窄的湖边和小路上搜寻过好几次了，现在那里空无一人。自从平安夜的不幸发生之后，我就再也没有来过了。当我们走近时，我感到胸口绷得紧紧的。

"你还好吧？"伊基问，"很抱歉，我忘了就是……这个湖……"

"谢谢，我没事。"有另一条路通往湖边，但它离得更远。

我们把自行车停在小路上，然后穿过斜坡上的树林往下走。一路上我都在想：这就是塔米消失的地方……

我们来到了小小的湖岸。伊基一直在喋喋不休地谈论着某种巨大的梭子鱼，它们生活在贝克辛堰附近，那里的水库变窄，形成了一个溢流湖。

"当天气非常寒冷的时候，梭子鱼通常会游到稍微浅一点的水域……使用激光诱饵肯定能把它吸引来……这根线可以承受八十磅的拉力……"

这些对我来说仿佛是一门外语，但我还是继续听下去，因为这让我可以暂时想点与塔米无关的事。

现在是下午三点左右，天空却已经灰沉沉的了，辽阔静谧的基尔德湖在浓郁的天色下呈现出深紫色，整个湖景在我们面前一展无遗。我不禁惊叹一声:"哇!"

伊基走到我身边,凝视着湖对岸。

"伊森,你觉得塔米她还活着吗?"

噢!他的直言不讳让我有些措手不及。怒气像针一般刺痛着我,但随后我意识到他只是问出了大家都想问的问题。大家都对这个话题小心翼翼,避而不谈,生怕自己说错了话。

我叹了口气。从来没有人问过我这个问题,但我的回答是如此斩钉截铁,连我自己都大吃一惊。"是的,我能感觉到。在这里。"我摸了摸胸膛靠近心脏的地方,"双胞胎的心灵感应。"

伊基噘着嘴,缓缓地点了点头,好像明白了。但我认为除非是双胞胎,否则是不会明白的。

"嘘,"我说,"听。"

我希望能听到塔米失踪那晚的嗡嗡声。可唯一听到的只有每隔几秒钟小小的浪花拍打湖岸的哗哗声,以及伸到水面上方的长长的木制栈桥边,一艘亮橘色的玻璃纤维独木舟撞击栈桥所发出的有节奏的砰砰声。栈桥的旧木板在我们的脚下嘎吱作响。伊基打开了他的渔具袋。

上一次我站在这个栈桥上,是和塔米一起玩扔石头的游戏。说白了就是看谁能往湖里扔石头扔得远。但我们也有一些规矩,比如石头的大小、五局三胜制等等。令人抓狂的是,她很擅长投掷,几乎每回都能赢。伊基还在唠唠叨叨……

"我们开始吧。两根八股编织的钓鱼线,一百米长,每根都有钢丝前导线……四个十厘米长的鲨鱼钩……一根短杆和一个很厉害的梭子鱼旧渔轮，外加一个约翰逊激光诱饵。"

伊基，这个在学校创下了"前言不搭后语"纪录的人，如果聊渔具一定能拿到 A+。他从包里掏出一个东西，然后打开外层塑料袋，放到我面前。里面蹿出的味道让我差点儿吐出来。

"什么鬼？"

"是鸡肉。在你家酒吧后面的垃圾桶里找到的。"他赶忙补充道，"如果是垃圾桶里的就不算偷，对吧？"

在来的路上他已经解释了我们的计划，但现在他跪在栈桥上，把钓鱼竿的四部分拧在一起，又解释了一遍。

"所以，这个鸡胸肉是诱饵。我们划船到大约三十米远的地方，把鸡肉绑在浮标一端扔进水里。"他指了指独木舟底部一个足球大小的红色浮标，"这个应该能阻止它下沉。浮标另一端连着钓线和钓竿。我们往回划，放长钓线，就等着大梭子鱼闻到香喷喷的肉，然后游过来……"

伊基开始自导自演起来。他眯起眼睛，左右抽动着他的鼻子。

"诱惑太难抵挡了！它嘴一张，哗！上钩啦。我们看到浮标上下晃动，就开始收线把它拽到栈桥上，这时你准备好手机拍照。然后我们给它脱钩，再骑车回去，名利双收，最起码我们的照片也能登上《赫克瑟姆报》！"

我们把所有装备都扔进独木舟，然后上了摇摇晃晃的小船，船底冰冷的水渗入了我的运动鞋里。我不断地告诉自己，不会有事的。苏西跟着我们，我敢说它看我们的眼神里充满了嘲笑。

它闻了一下腐烂的鸡肉，然后直接走到了独木舟的另一端，躲得远远的。

我没有跟妈妈说要来湖边，因为伊基后来才告诉我，我问心无愧。可我还是……

"伊基？"我说，"我们……呃……我们有救生衣吗？"话一出口，我顿时觉得自己很傻。当我看到伊基一脸鄙视的表情时，我觉得自己更傻了。"无所谓了，反正我会游泳。"

我们解开系在栈桥上的独木舟，开始晃晃悠悠地朝湖中央划去，一路无言。

独木舟的晃动让我感到有点恶心，而那块鸡肉更是雪上加霜。我把它绑在浮标一端扔进了水里，但手上还是沾满了腐臭的气味。

我伏在船边，想把双手侵入冰冷的水中洗洗。但当手碰到湖水的那一刻，我忽地大叫一声，猛抽回手。独木舟晃动起来。

"嘿！小心点儿！"伊基不满地说。

那难道是我的想象？

那的确是我的想象。我定睛一看：它只是一根木头，淹没在水面之下。一节树枝从水下探出来，看起来有点像一只手臂。在我的脑海中，我把这整根木头看成了一个漂浮的身体，我以为那是塔米，其实不然。它只是一根木头，是我的大脑在作祟罢了。

"我们现在回去吧？"我努力使自己的声音没那么紧张。

我们开始往回划，一边划一边放出粗线。

然后我们在栈桥上等呀等。我抬头看看天空，现在天色愈加灰暗了，我想我该回去了。

手机上的时钟告诉我，我们已经在这里待了一个多小时了。坦白说，我感到无聊又寒冷，而且还没从那根"只是一根木头"的木头的惊吓中缓过神来。

随后，浮标动了。

"你有没有看到……"

"看到了。"

我们一骨碌站起来，紧紧盯着湖面。浮标又静止不动了，它周围的水面上泛起一圈圈细小的涟漪。

"现在怎么办？"我问。但伊基只是摘下帽子，若有所思地用手指捋了捋他那乱糟糟的红头发，然后望着水面。

我们就这样傻站了好几分钟，最后他说："我想我们要去查看一下。"他开始卷钓线。"也许鱼饵被吃掉了，或掉下去了。该死。"钓线被卡住了，"可能被水草或木头挂住了。"

他扯得越用力，渔线就绷得越紧。"走吧，"他气哼哼地踏进独木舟，"我们得把它解开。"

"我们？"我咕哝道，但还是跟上了船。

伊基对苏西吹了声口哨——就像对狗吹口哨一样——苏西就乖乖地跟着我们跳进了船里。伊基刻意把帽子往下拽了拽，把眼镜往上推了推，我们便开始向忽上忽下的浮标划去。

我们还没到，一团巨大的水花溅了起来。

水花之大，就像一辆汽车从高高的湖岸边掉进湖水里一样。

显然，这不是一辆汽车。但同样显然的是，我也不认为这是一艘看不见的太空飞船，毕竟我还没疯掉。

可没想到它还真的是。

第四章

继那团水花之后，过了几秒钟，在大约两百米开外的地方又出现了一团水花。虽然稍小一些，但仍然十分巨大，而且离我们的独木舟更近了。在升起的月亮的照耀下，宛如瀑布般洒落的水珠闪着灿灿的光芒。几秒钟后，又来了第三团水花，紧接着第四团。它们呈一条直线与我们拉近距离，就像一块巨大的、看不见的石头从水面上擦过。当第五团水花溅起时，离我们的船只有大约六米远，它所激起的波浪猛烈撞击着小小的独木舟，船开始剧烈地左摇右摆。

"怎么回事？"我号叫道。

顷刻间水花把我们浇得湿透，我们俩蜷缩在摇晃的船底。我能感觉到，而不是看到，有什么东西贴着我们头顶掠过，苏西吓得尖叫起来。

"那是什么？"我大喊道。

伊基没有要回答的意思。

我抬起头，看到独木舟的另一边腾起了第六团水花。第七团要小得多。不管出于什么原因，它的声势越来越小了。接着是第八团，一阵水花哗啦啦地泼溅在栈桥上，最后，一切恢复了平静，只剩下昏暗的天空、紫色的湖水和幽绿的森林……

以及被涟漪拍打独木舟的声音打破的寂静。

最终，伊基直起身子说："好家伙！你看到了没？"我不知道我们看到了什么，所以我只是动了动嘴角，没有发出任何声音。

反正现在也没什么可看的了：溅起水花的东西肯定已经沉了下去。它离岸边只有十米远，那里的湖水清且浅，我们一起朝那个地方划去。尽管傍晚天色渐暗，但或许我们用灯光照亮水面，能发现点什么。

随着我们越来越近，我听到了嗡嗡嗡的声音。我们停下来，让独木舟静静漂着，我侧过头，试图听得更清楚些。

"听，"我低声说，"就是它！我在塔米失踪那晚听到的声音。"

声音又传来了。一阵低沉的嗡嗡声，就像一只蜜蜂被困在了窗户外面——声音小到几乎听不见。

我再次循声望去。水面似乎被搅动了，有点凹陷，仿佛有一块巨大的玻璃板搁在栈桥附近的湖面上，但月色朦朦胧胧的，叫人难以看清。

当我们渐渐漂近水面的凹陷处时，独木舟的船头撞上了某个东西。我想可能是另一根漂浮的木头吧。但我仔细一瞅，却发现什么都没有，连一块石头都没有。我再次握住船桨在水里划，可又一次撞上了某种看不见的物体，我们停了下来。从独木舟发出的声音判断，这个物体似乎就在我们面前，从水里凸出来。但这是不可能的，因为我们眼前除了空气就别无他物了。

"这是什么？是什么挡在我们面前？伊森，我们撞到了什么？"

当独木舟第三次撞上这个看不见的物体时，我决定改变路线，绕开那片三角形的平滑水面。在独木舟到达岸边之前，我停下来，回头看。

"伊森，把激光诱饵递给我。"伊基说。

他避开吓人的鱼钩，小心翼翼地从我手中接过这个大鱼饵，然后按下一个小按钮，打开了本应用来吸引鱼的激光灯。他用灯照向我们面前那个看不见的物体。

"哦，我的天哪。你快看。"

我在看。这束绿色的光平行着湖面径直射出，向左一个急转后，绕了个弯，然后又直直向前行进。伊基移动光束，结果还是一样——光被一个看不见的东西偏转了。

我在独木舟的船底找到一颗鹅卵石，把它扔向伊基照着的地方。只听见沉闷的砰的一声，它向我弹了回来，扑通一声落入水中。

这几乎就跟击中了一块玻璃一样，只是那里没有玻璃。我又扔了一颗鹅卵石，还是被弹了回来。我打开伊基的渔具袋，拿出一大坨铅块，使劲扔了出去，结果依然相同。

我们都被吓坏了。随后，嗡嗡声慢慢变小，我们面前的水似乎在微微翻搅，水面上的形状显示这个看不见的东西正朝我们的独木舟移来。

"快走！它冲我们来了！"伊基大喊道。

我们不约而同伸手去拿同一把桨，这使独木舟突然急剧地向一边倾斜,我和伊基一头栽进了黑沉沉的水里。整套动作过程行云流水,一气呵成,我们甚至连大喊一声的时间都没有。

寒意并没有立即向我袭来。但当我扎进水下时,我被灌了一大口水。我噗噗地吐着水浮出水面,却被沉重的外套和毛衣拽着往水里拖。我只能把脸露出来,这时我才被冻得倒吸一口凉气。

我一边吁吁喘气,一边大喊:"伊……伊基!"我猛地想到我们没穿救生衣,恐惧瞬间吞噬了我。

一团红发突然从我身边冒出水面,紧接着是伊基那张惊恐万分的脸。

"啊……啊……我在这里。"他一把抓住我,"我们得……赶紧走。那东西越……越……越来越近了。"他冷得话都说不利索了。他开始向岸边游去,然后停了下来。"苏西在……在哪里?"当他说出这个名字时,翻了个底朝天的独木舟里传来咚的一声。

"苏西!"伊基悲痛地大叫道,我还没来得及说话,他就钻进了水下。

几秒钟过去了,我觉得我的衣服越来越沉,我害怕极了。

"伊基!"我大声呼喊,并在水里转了个圈,"伊——基!"

我正准备再喊一声,这时独木舟旁翻起了一片水花。伊基的头又浮了出来,旁边是苏西湿漉漉的姜黄色羽毛,它看上去一脸惊愕。

我比伊基更靠近栈桥,而且我比他游得更轻松,因为他还要带着苏西。我拖着沉甸甸、湿答答的衣服爬上了湿滑的铁梯子。当我回头看时,发现水面上那个诡异的、半透明的东西在移动,并且越来越接近伊基。

伊基离我只有约十五米远,当他意识到发生了什么时,脸上露出了极度恐惧的神情。

"快游,伊基!游!不要回头,只管游!"

但他还是回头看了一眼,我想有那么一秒他被吓傻了。他把苏西的头举出水面,用另一只胳膊扑腾,用双腿狂蹬。

"加油,伊基!加油!你能做到的!"

十米。五米。此时我能听到嗡嗡嗡的声音,这个看不见的东西划破水面前进着,伊基每游一下,它就离我更近一些。我伸出手来。

"你能做到的,加油!"

他突然放声尖叫,随着咕噜一声,他松开苏西,消失在了黑暗的水面下。

第五章

几秒钟后,伊基再次浮出水面,他吓得直哼哼:"它……它……抓……抓……"他似乎在与水下的什么东西做斗争,仿佛他的腿被缠住了。

令人惊讶的是,他的眼镜还稳稳地架在鼻梁上。他设法抓住苏西,然后单臂游完了最后两米。我抓着他的胳膊把他拉上栈桥。

"我的……我的腿……"他呻吟道,"它……抓……抓到我了。"

我一把抓起伊基放在栈桥上的自行车灯,照在他的腿上,顿时吓得往后一缩。

"很……很糟……糟糕吗?"他说。

我点点头。一个巨大的有三个倒刺的钩子嵌进了他的小腿里,在他挣扎的时候扯掉了一块长长的肉。不知怎么的,他的这条腿被钓线缠住了,他一游动,就像鱼一样被钓线牢牢钩住。血液混着我们身上淌下的水,形成了一条红色的小河,慢慢流回到湖中。他伸手下去摸到自己温热的血液,呻吟起来。

"打……打电话给我妈。"他哑着嗓子低声说。

"好的,伊基。撑住,你不会有事的。"

我笨拙地在湿透的牛仔裤口袋里摸索我的手机。

我不断告诉自己，情况没那么糟，他不会在这个栈桥上流血至死的。

我猛戳手机上的启动按键。

智能手机进了水，这可不是什么好事。我又试了一次，再试了一次。

"你的手机呢？"我问伊基，他的呼吸已经变成了浅浅的喘息。

"我妈……妈把它没收了。"

这一点我坚信不疑。

我走投无路，只能站起来大声喊："救命！救命啊！"而伊基则仰面躺在栈桥上，哼哼唧唧，奄奄一息。

"没……没人会听到你的。"伊基又在我脚边痛苦地低吟起来。

"我去上面的路边，"我说，"或许可以拦下一辆车来。你在这里等着。"

我究竟是怎么想的？那条路上几乎没有任何车，只有偶尔经过的林业卡车。我太慌了吗？当我沿着陡峭的小路走到一半时，突然意识到把一个浑身湿透、冰冷，还受伤的人留在黑暗的栈桥上，实在太愚蠢了。

有那么片刻，我竟然急得直跺脚，绞尽脑汁地想办法。最后我转身沿着小路又急匆匆地跑回湖边，伊基仍躺在原地。我停下脚步，轻轻惊叫了一声。

有人出现在我面前的栈桥上。

我知道这听上去很疯狂,但这就像魔术或特效一样。前一秒,只有伊基躺在那儿;后一秒,这个……这个身影就出现在了那里。他(或她)能从哪儿来呢?除了我走的那条小路,就没有别的道儿通往栈桥了,一路上我也没遇到任何人。

不过,天色相当暗……

我站在栈桥连着岸边的地方,这时我听到了那个人的说话声。他(或她)面对着伊基,没有听到我走近,我想伊基也没有注意到我回来了:他脑袋里还有别的事,比如冻得半死,流血不止。那个人发出了奇怪的抽鼻子的声音,吱吱作响,只听他(或她)开口说:

"我听到了你的声音,我可以帮助你。"

伊基的脸一直朝着另一边。他用手臂支撑着身体,转过头来,但他瞬间吓得直往后缩,滑倒在自己的血水中。

我赶紧朝伊基跑去,走近了那个人。他(或她)似乎穿了一件乱蓬蓬的毛外套,但这只是我第一眼所注意到的,我更在意的是伊基的情况。

"你还好吗?"我说,"对不起,把你留在这里。这个人可以帮忙,真是太好了,不是吗?"我叽里呱啦说个不停,完全没看到伊基脸上恐惧的表情。他透过又脏又湿的眼镜,半眯着眼看着我身后那个杵在那儿的身影。

伊基快说不出话来了:"伊……伊森,那是……那是……?"

他的目光锁定我身后那个人,我也转回头去看。眼前的东西让我大吃一惊,我也吓得踉踉跄跄滑了一跤,一屁股坐到地上。

我连滚带爬地退到栈桥尽头，拼命地跟它拉开距离，却又无法把视线从眼前的东西上移开。

伊基伸长了脖子左右挣扎，但他没法像我这样快速移动，只好躺在那儿，惊恐地喘着粗气。

这家伙有一颗脑袋，一头浓密闪亮的银色长发，一张脸，一张人脸，好吧，一张似人非人的脸：它有着人脸的轮廓，只是上面长满了毛，浅色的眼睛间间距很宽，大大的鼻子像仓鼠一样在抽动。

我被吓得半死，我想要是我再小几岁，恐怕就要尿裤子了。还好我没有，谢天谢地。

它绝对长得人模人样。首先，它有两条腿和两只胳膊。除了头上的长发之外，它身体的其他部位都覆盖着浅灰色的绒毛，似乎还竖了起来。它的后背卷翘着一条长长的尾巴，像猫尾巴一样摇来摇去。所以，它既像人，又不完全像人。

它用一双大眼睛盯着我看了一会儿，然后把目光投向森林，抬起鼻子在空气中嗅了嗅，再看向我们，走近了一步。我和伊基都缩成一团，但它停了下来，继续盯着我们，嗅着空气。随后它浑身战栗，剧烈的颤动使它的皮毛漾起了波纹。它的上唇向后收缩，露出又长又尖的黄色獠牙。

我听到一声呜咽，我竟没有意识到那就是我发出的。

第六章

伊基先开了口:"你……你是谁?你想怎么样?请……请不要伤害我。"

这个人形怪物往前走一步,我们就偷偷往后退一步。直到我们缩到栈桥尽头——除了再次落入水中,我们已经无处可躲了。即使是苏西,在它拼命抖落羽毛上的水滴之后,也不由得退得远远的。

这个怪物向前倾身,直到它的头离我们大约一米远。它深深地嗅了一下,然后像刚才那样,用嘴和鼻子发出咕噜声和吱吱声,紧接着开口说:"你受伤了。"

这家伙的声音是喉音和高音的奇怪组合。单词的发音就像小镇里的苏格兰人希拉一样,读得非常准确,仿佛这门语言是最近才学会的。它伸出一根细长多毛的手指,指向伊基正在流血的腿。

伊基吓得丧失了语言能力。

"你要我乓(帮)忙吗?"伴随着又一阵短暂的抽鼻子声和吱吱声,它再次开口了。

我可以闻到它的气息:就像狗的气息那样,有点酸酸的,还带点鱼腥味。它时不时用灰色的长舌头舔一下嘴唇。

帮忙?我不太确定。我还想着爬起来,把这家伙推进水里,然后冲到小路上蹬上自行车就跑……可是伊基的身体状况不适合跑步,他会被抛弃在这里,任由这个家伙……摆布。我想换作伊基的话,他是不会对我这么做的。

伊基点点头。

这个怪物举起双手,把挂在身后的一个像小背包的袋子拿到面前,我们都退缩了一下。

我脑子里飞快地闪过一个念头:这就是发生在塔米身上的事。这个家伙要把我们带走。它不是一个怪物,而是一个人,一个全副武装的怪人,它可能会掏出一把刀或一把枪……

我仔细打量着它。如果这是一套特制装备,那么衣服的连接处在哪里?是不是该有个拉链?这肯定是个假鼻子吧?我在电视上看过化装节目,化装师可以制造出假体之类的东西。可若不是图谋不轨,谁会没事在这黑灯瞎火的基尔德湖边闲逛呢?或许是万圣节吧,但那也是快两个月前的事了。

这个怪物从背包里拿出一根黑棍子:表面光滑,大约三十厘米长,像扫把柄一样粗。它把棍子攥在手里,研究了一会儿,而我们则因寒冷和恐惧瑟瑟发抖。我感觉伊基握住了我的手,我也紧紧握了回去。如果我要死了,我可不想一个人走。

"这也许管用,也许没有。"这个奇装异服的人(我已经深信不疑了)说,"它和你的细抛(胞)结扣(构)基本一致。把腿伸出来。"

伊基向后缩了缩,把腿收了回去。

"这一点儿都不疼。"这个怪物顿了一下,"来吧!"

伊基像出壳的乌龟一样，慢慢地伸出了他那血淋淋的腿，害怕得发出了呜咽声。

低哑的抽鼻子声再次传来，它说了一个字："光！"

然后看着我。

我伸手去拿手电筒。伊基的腿上除了有一道又长又深的伤口之外，还有个钩子深深地嵌在他的肉里。鲜血不断地涌出来，流到栈桥上。

这个怪物向前一步，用手里的棍子在伤口上方移动。就像我们看到的那样，血液似乎干涸了，伤口开始结痂，挂着鱼饵的巨大鱼钩被新长出的肉推出来，掉到栈桥的木板上。伤口的痂先是变成了褐色，再变成了黑色。整个过程大约只有三十秒钟。这个怪物把棍子放回它的背包里，然后用一根长长的手指轻轻拨动这个痂。痂脱落了，露出底下鲜嫩的粉色皮肤。

它笔直地站起来，我看了看它的脚。它光着脚，脚面毛茸茸的，绝对不是穿着鞋子的假脚。他——她？——体形有点小，但也不是非常小，总之没有我那么高。它不像《指环王》里的咕噜那样弯腰驼背，令人毛骨悚然，一点儿也不像。而且，尽管它赤身裸体，但它似乎一点儿也不觉得尴尬。

伊基目不转睛地看着那个怪物，对我说："它是个女的。"

"你怎么知道？"

伊基喷了一声："你看，伊森。它没有，呃……男孩的那个。"

我这才注意到，他说得对。可这样盯着它让我觉得既奇怪又尴尬，我感到自己的脸都羞红了。

当她站起来时，静止的冷空气中飘出一阵她的气味。堵塞的排水管？馊掉的牛奶？耳垢？是所有这些东西混在一起所散发出的一股浓郁的恶臭。这不仅仅是她的呼吸，而是她本身。

"天哪，伊基，她太臭了！"我小声说。

伊基摘下帽子，捂在鼻子上。

"我还以为是你呢。"他闷着声音说。

我和伊基缓缓站起来，我们三个站成一个小三角形，一言不发。显然，我们彻底惊呆了。伊基弯了弯他刚被治好的腿。

最后，他把帽子戴上，拍了两下胸口，说："我，伊基。"怪物用力眨了眨眼。

我敢说她肯定在想，为什么这个人说话像个傻子？

尽管如此，在领会到伊基的暗示后，我也指着自己说："我，伊森。"

她既没有喘气也没有眨眼，但我能看出她很惊讶，我也说不上来为什么。"伊纷？"她说。

"是的。"

她抬起下巴，然后放下。这个动作有点像在点头，但是倒着做的。她说了一句话，听起来像"海利安"，并拍了拍自己的胸口。

伊基看着我，脸上露出得意扬扬的傻笑："看到了没？这就是她的名字，海利安！"

但这时我们听到了呼喊声和狗叫声，还看到了手电筒的光穿过远处的树林,从小路朝我们靠近。

这只怪物的脸色一下变了。她那张怪兮兮、毛茸茸的脸上流露出极度惶恐的表情。

"什么都别说。"她用吱吱作响的声音说。

"什么?"伊基说。

"我说'什么都别说。'别说你们见我。撒谎。你们很会的。"

"等等,"我说,"你到底是谁?我们为什么要撒谎?"

狗叫声越来越近,一只巨大的德国牧羊犬猛然从灌木丛中蹿出来,沿着卵石滩朝我们狂奔而来。

我听到有人说:"怎么了,辛巴?你发现什么了?"

这个自称海利安的怪物用浅色的眼睛紧紧盯着我。

"否则你就再也见不到你姐姐了。"

我的姐姐,塔米。

伊基说得对。他的钓鱼主意颇有成效:在过去一个多小时里,我几乎没有想起过她。

可现在,在一个天寒地冻的夜晚,当我浑身滴着水站在木头栈桥上时,我再次想起了来这里的初衷。所有发生的一切就像一股悲伤的浪潮,全部涌回到我的脑海里。

第七章

"我恨你!"

这是我对塔米说的最后一句话,它在我脑海里反复回响。而事实恰恰相反。

我的双胞胎姐姐,我的"另一半",妈妈曾这么说。她说得对。

塔玛拉·泰特——塔米·泰特,我觉得这个名字很酷,主要是因为它押了头韵。塔米·泰特——自从她失踪后,我几乎每小时都要想起这四个字。

每小时?再试试看五分钟、五秒钟。这太累人了。

有时我会意识到我已经有几分钟没想起塔米了。而这种情况更糟,我会强迫自己在脑海里不断回想她,再次聆听她的声音。比如她为某事生我的气时(这已经是家常便饭了),她说"噢,伊——森!"时的样子;或者我们小时候,有一次她在浴缸里放屁,笑得上气不接下气,不小心把头撞到了水龙头上,尽管撞得头破血流,她却笑得更厉害的样子。

最后我想起的是过去几个月,我们搬到基尔德并开始上中学的时光。我们俩的班级不同,她有些朋友我甚至都不认识。(其中至少有一个不喜欢我。无所谓,纳迪亚·科瓦斯基,反正我也不喜欢你。)

一想到这些，我就会再次陷入悲伤。奇怪的是，这竟然让我感觉好一些，因为这似乎弥补了我忘记每时每刻想着她的愧疚。

而当我悲伤的时候，我就会想起我对她说的最后一句话：我恨你。

我没有告诉过妈妈，这会让她难过，妈妈和爸爸已经够难过了。事实上，塔米和我互相说"我恨你"远比我们互相说"我爱你"要多。

我们从未说过我们爱对方。我们何必这么做呢？这就像在跟自己说一样。

然而，我还是希望我对她说的最后一句话不是"我恨你"。

四天前

第八章

那天是平安夜,高沼地上下起了雪。我想每个人都希望这天下一场茫茫大雪吧,把整个小镇盖得严严实实的,看起来就像圣诞卡片的正面那样。但雪并没有那么大,而且说实话,小镇也不是那样的小镇。

基尔德镇比较分散,新旧房混杂,也没有典型的"小镇街道"——有面包店、肉铺和糖果店,就像在故事里看到的那样。因为有森林、湖泊和天文台,夏天这里的游客络绎不绝。但大多数地方在冬天都关门了,比如茶室、迷宫和出租自行车的"疯狂米克的疯狂租赁"商店。塔米常常管这个小镇叫"无聊镇"。她曾说过:"我不属于这里,我是个城里人。"说得好像我们曾经居住的地方——让人昏昏欲睡的泰恩茅斯——就是纽约似的。

妈妈和爸爸经营着一家酒吧。观星酒吧离主路很远,在一条短短的车道尽头挂着一个摇摇晃晃的酒吧招牌,外面有一棵巨大的圣诞树,窗户上挂着彩灯,到处都是蜡烛。因为妈妈是半个丹麦人,她对蜡烛非常痴迷。

无论我多想忘记,那天晚上的每个细节依然历历在目。我已经和警察、妈妈、爸爸、奶奶、记者一起回顾了这一切,但更多的是,我不断地在自己的脑海里重播,一遍又一遍。

就像我们的音乐老师斯旺小姐说的那样:"从头再来一遍。"

那天晚上六点过五分,妈妈去了酒吧,人们将在那里唱圣诞颂歌。爸爸要乔装打扮一番,塔米和我随后也要装扮一下,然后去小镇的老人家里,给他们送上爸爸和妈妈准备的圣诞礼物。拜访的对象有苏格兰人希拉、汤米·纳特拉斯和贝尔姐妹。他们都将收到一瓶伏特加酒,上面的标签写着"观星酒吧的亚当和梅尔祝你圣诞快乐"。

我的工作就是包装礼物。

塔米拿着一个手提袋走下楼,里面装着用红纸和丝带包装的长方形盒子。就在这时我们开始拌起嘴来。起头的是塔米,她举起其中一份礼物,讽刺地说:"干得真漂亮啊!"

"我已经尽力了。"我说。

包装纸皱皱巴巴的,胶带缠得横七竖八,丝带也绑得乱七八糟。当她举起它时,其中一个标签还掉了下来。包装礼物太难了。

"我已经尽力了,塔米。"她模仿小孩子的声音说道,"你老是这么说!可你从来不这么做,不是吗?你所做的事,不过是你自认为尽力罢了,不过是你让别人认为你尽力了罢了,不过是刚好做到当你说你尽力了,人们就会相信你,说'噢,可怜的伊森,他已经尽力了'的程度罢了。但你知道吗,伊森,你尽没尽力我可是一清二楚。我跟你是双胞胎,你忘了吗?我是你的另一半。我怎么会不清楚呢?而且你也没有尽力——一丁点儿也没有,所以别撒谎了。"她挥舞着其中一个包装得一塌糊涂的礼物,同时又一个标签飞了出去。

"你的衣服呢?"我说,试图转移话题。我们已经说好了,今晚我们要装扮成精灵。这应该会很有意思。

塔米翻了个白眼,喷了我一声。

"你真是个幼稚鬼,伊森。"她说这话时,我低头看了看自己身上的衣服,我正穿着去年学校游行时的装束:条纹紧身袜、绿色带扣外套,手里还拿着一顶尖尖的帽子。我讨厌塔米说这样的话,好像比我大十分钟就能给她带来某种年龄上的优势似的。

"但我们说好了的!"我努力(但失败了)不让自己听上去像在发牢骚。

塔米还是平时的打扮:牛仔裤、运动鞋、厚厚的羊毛上衣。她对时尚不感兴趣,她就是这样。她正在穿一件新的红色羽绒服,这是和我们同住的奶奶提前送给她的圣诞礼物。

"哦,我也可以反悔的。瞧,我刚刚就反悔了!我才不要乔装打扮,像个六岁的小孩一样在无聊镇上到处蹦跶。至于你,你去吧。你看起来再合适不过了。"

"哼,我才不要自己去呢。我要去把衣服换回来。"我一边大声嚷嚷,一边跺着脚上楼。

"那就希拉家见了。我走了。"

"你不等等我吗?"

"不了,我们已经迟到了。再见。"她打开前门,踏入了冰天雪地里。这时我大声喊道:

"我恨你!"

(有时候我真希望她没有听到这句话,但她肯定听到了。我喊得那么大声,而且她甚至连前门都没关。)

五分钟后,我脱下那件愚蠢的精灵服装,冷静了冷静头脑。也许她说得对。我妥协了,换上了一件毛衣,上面有一只闪闪发光的红色驯鹿鼻子。(我还不打算完全屈服,明白吗?)我一把关上身后的门,骑上自行车去追她。

不久之后,我看到塔米的自行车躺在路边的沟里。它的前灯闪着白光,尾灯闪着红光,照亮了结霜的路边,可塔米却不见了踪影。

从那以后,我就再也没有见过她了。

第九章

当人们发现我和塔米是双胞胎时,他们有时会问:"噢,那你们会有心灵感应吗?"这真是可笑至极,所以我们发明了以下对话。我会说:"是啊,当然有啦。塔米,我在想哪个数字?"无论塔米回答什么,我都会说:"哇!完全正确!"

总之,我们玩得不亦乐乎,甚至一度骗过了塔米的新朋友纳迪亚,不过,她对什么都深信不疑。

所以,不,我们并没有心灵感应。但是那天晚上,当我看到塔米的自行车在路边,车灯还亮着,我就知道出事了。我感到胃里一阵翻腾,我把我的自行车停在她的车旁。一股凉意从脖子蔓延到我的脊背,仿佛有人往我的衣领里塞了一块冰。

"塔米!"我大喊起来,一开始声音并不大,我能隐约感觉到,但不能确定有什么不对劲,"塔米?"

月亮仍然低挂在空中,被厚厚的云层遮住了脸。在这般月色下,基尔德镇黑得伸手不见十指,唯一的光亮只有我们的自行车灯。

"塔米!"我大声叫道,然后伸长了脖子去听,没有任何回答。风轻轻地穿过光秃秃的树木,没有发出任何声音。

塔米的自行车停在一条杂草丛生的小路附近,小路通往基尔德湖和小码头,我和塔米曾在那里玩"扔石头,看谁远"的游戏。我抓起自行车前灯,沿着小路往下走。

这简直说不通,我默默地想,她究竟为什么要到这里来?

"塔米!塔米!"我一声声呼喊着。

通往湖岸的小路相当陡峭。黑暗中我不断地磕磕绊绊,终于走到了由碎石和岩石组成的岸边。我凝视着漆黑的基尔德湖水,这时一阵噪声传来:那是一种低沉的嗡嗡声,音调越来越高。

嗡嗡嗡嗡嗡嗡……嗡嗡嗡嗡嗡嗡……

这声音有点像飞机,但绝对不是飞机;有点像摩托艇,但也绝对不是摩托艇。湖面空无一物。紧挨着水面的天空显得更清晰了一些,被阴云遮住的月亮投下几束灰蒙蒙的月光。我眯起眼睛,盯着湖面。只见湖面上腾起了一缕薄雾,袅袅升到空中,飘悬了几秒后,被微风吹得到处乱窜。

我还闻到一股臭臭的气味,隐隐约约地飘来,就像难闻的体味和堵塞的下水道,但很快也被空气带走了。

也许她来湖边是为了练习扔石头?这就是为什么她总是打败我的原因?因为她在偷偷练习?我知道这是个愚蠢的想法,但我觉得自己开始恐慌了。

我踉踉跄跄地沿着小路回到塔米亮着灯的自行车旁,恐惧让我的心怦怦地狂跳不止。

我再次大声呼喊她的名字,拼命地希望她能从路边的树林里冒出来,对我说:"伊——森,看在老天的分儿上,你在喊什么呢?我只是去树林里尿尿而已。"

但她没有,我知道我必须寻求帮助了。我拿出手机,但没有信号。这附近几乎没有信号。小镇外面的世界就跟回到了1990年似的。

我重新跨上自行车,以最快的速度向希拉家狂蹬去,一路上不停喊着"塔米!",直到声嘶力竭。

第十章

如果说我对在发现塔米的自行车前发生的事依然记忆犹新，那么对接下来的事我就有点模糊不清了。

我沿着坑坑洼洼的林间小路往小镇骑，一路上不停思考着塔米的自行车被遗弃的原因。

她把它丢在那儿，然后决定步行？不太可能。事实上，这种可能性微乎其微。

她搭了别人的顺风车？同样不太可能。她何必这么做？而且，是谁的车？那条路几乎无人走，他们为什么要让她搭车？她为什么要丢下她的自行车？而且……这整件事怎么想都很荒唐。

当我飞快地骑车经过小溪上的桥时，我确信塔米肯定遭遇不幸了。

小镇的南面是一条街道，有许多呈阶梯状分布的古老农舍。我骑车到希拉的房子旁，从车上一跃而下，任由自行车哗啦倒在地上，然后砰砰砰地拍打着这位老太太家的门。

"来了，来了！"里面传来一个声音。

我几乎在门打开的瞬间就开口了。

"塔米在吗？"我含混不清地快速问道，"她原本要来这里的,你看到她了吗?"

"你好啊,小伙子。"希拉笑眯眯地说,似乎没听到我的话。

"你看到她了吗?"我大吼一声,把她吓了一大跳。

"看到什……"

"你看到塔米了吗?"我大声问道,惶恐让我仪态尽失。

"哎呀,没有,今天没有。我以为——"

"再见!"说完我就跑回到自行车旁。我调转车头,以冲刺般的速度骑回到小镇另一头。

观星酒吧里灯火通明,外面的大树上也灯光闪烁,上周我和塔米一起帮忙把灯挂了上去。当我沿着车道往回骑时,人们早已唱起了颂歌,歌声飘进我的耳朵里。我透过窗户看到了伊基的妈妈科拉·福克斯-坦普尔顿,她正在用酒吧那架叮当作响的旧钢琴为他们伴奏。伊基站在她旁边,苏西坐在钢琴顶上,一副要下蛋的样子。歌声穿过窗户飞出来。

我跳下自行车,冲进门厅的大门,直奔酒吧。里面的喧闹声、热气和音乐迎面扑来。

吧台那边响起了一阵欢呼声,爸爸叫道:"好了,你们这帮家伙!谁想要火焰杯?"这是他的调酒特技之一:把一托盘的鸡尾酒摆成一排,在他往酒里点火的一刹那,所有酒杯都燃起熊熊火焰。虽然已经看过无数次了,但这仍是我最爱的环节之一。

妈妈拿起了托盘。我推推搡搡地挤过人群,走到她面前。

"妈妈!妈妈!"

她生气地转向我,一边摇头一边继续唱歌。

"妈妈！你听我说！"

"当心点儿！我可是端着火灾隐患呢！好了——谁想来一杯？现在不行，伊森！"

"就现在！"我喊道。

人们注意到了这边的情况，有一两个人相互推了推对方，停止了唱歌。我别无选择，只能抓住钢琴盖，把它重重地摔在琴键上。伊基的妈妈大叫一声，及时抽出了她的手。琴盖砰的一声被重重合上了，伊基妈妈的手镯被震得叮当乱响，苏西哗一下竖起羽毛以示不满。几秒后，歌声停了下来。

"伊森！到底是怎么……"妈妈一边说一边推开人群朝我走来，但我半点儿也没听进去。

我转身对酒吧所有人说："塔米失踪了！她的自行车停在路边，但我哪儿都找不着她。"

一阵低语如涟漪般传遍了酒吧。后面有人没听清我的话，说："喂！音乐怎么停了？"然后有人说了句："嘘！"

打扮成玩具士兵的爸爸举起双手从吧台后面走过来。"好了，好了。"他平静地说，"发生什么事了，伊森？"

于是我跟他讲了一遍发生的事。我说起了对塔米的呼唤，她亮着的车灯，还有没看到她的希拉。我的语速太快了，爸爸不得不两度打断我："冷静点，儿子，慢慢说。"

我看向妈妈，当我们目光相遇时，我发现我从来没有见过她如此惊恐的神情。她脸上的血色消失了，变成了幽灵般的灰色。

两分钟后，人们纷纷跑到停车场，钻进了自己的车里。酒吧里空无一人。

"你走林间小路,杰克!"

"我走北边的路,跟我一起吧,珍。"

"她带手机了吗?"

"有人打电话报警了没?"

"半小时后在这里碰头,怎么样?"

"你有我的号码吗?找到她了就给我打电话!"

…………

汽车朝着四面八方驶出去,似乎整个小镇的人都行动了起来。

大家急得手忙脚乱,爸爸似乎在统筹大局,也可以说在试图这么做。我被夹在中间,无事可干。奶奶穿上运动鞋,拿上手电筒,说她要去平时常走的森林小路,那里汽车是无法通行的。在一片混乱中,我的视线穿过酒吧,看到伊基坐在钢琴凳上。因为担心,他的眉头几乎拧在了一起,双手则在使劲捏着身前的帽子。他的妈妈科拉戴着一顶红白相间的圣诞帽站在他身旁,满脸的落寞。

"梅尔,"爸爸对妈妈说,"你还是待在家里吧。"

"不行!"妈妈一口否定,"我要去找我的女儿!"

爸爸看了看我:"你可以留下来吗,伊森?万一塔米回来了呢?"他瞥了眼科拉·福克斯-坦普尔顿,他们交换了一下眼色,科拉便摇身一变成了看管我们的"可靠成年人"。

她点了点头,帽子上的铃铛叮叮当当地响。

"保持电话畅通,不要离开酒吧。"爸爸说着,在他的玩具士兵服装外披上一件大衣,"我们找到她的时候会通知你们的。"

是什么时候?我想知道。

就这样,在搜救期间,我、伊基、他的妈妈,还有他的鸡一起在酒吧等待着。

一阵尴尬的沉默降临,我才意识到我跟他们俩都不太熟。

最后,伊基说:"他们找到我爸爸了。"

我疑惑不解地看着他。

"在我小时候他失踪了。两周后他被找到了,在伦敦流落街头。所以……"

"他……他还好吗?"我说。

他的妈妈正看着窗外,似乎没有在听。

伊基点点头:"嗯。他现在组建了新的家庭。但他会在圣诞节后来看我的,对吧,科拉?"

科拉看向他:"他说他会尽力的,伊基。路途遥远,而且你也知道他是什么样的人。"

伊基垂头丧气。我感到局促不安,于是拿出手机试图给塔米打电话,这已经是第无数次了。

"嗨,我是塔米。我现在无法接听,请给我留言吧!"

一些最坏的念头在我脑海中一闪而过:她被绑架了;她被杀害了……

但我想不出谁会这么做,或为什么这么做。

于是我又给他们俩复述了一遍事情的经过。这次每个细节我都不放过。我告诉他们，我走在小路上，听到嗡嗡嗡的声音，看到一小簇雾气……

他们听着，若有所思地点点头。随后我的电话响了，是妈妈打来的。我竭力劝告自己不要抱有期待，但就像我希望塔米会一边系好牛仔裤，一边从树林里冒出来那样，我还是期待着妈妈说："我们找到她了。"

可事与愿违，妈妈说的是："没有消息，我们准备回来了。警察要过来，他们想跟你谈谈，伊森。"

我看着伊基，当他听到"警察"这个词时，猛地颤了一下。我知道情况很糟糕，但在那一刻我才真正确定。

第十一章

伊基·福克斯－坦普尔顿,他将成为本故事的重要组成部分。没想到我跟他的关系比我料想的,甚至是应该的,要亲密得多。

他是"那个放火烧学校的孩子"。当时我在场,他实际上并没有这么做。只是"那个放火烧垃圾桶的孩子"听上去没那么有气势罢了。

据爸爸和妈妈所说,他就是一个"坏榜样",因为他从酒吧的储藏室里偷了薯片。爸爸把这件事告诉了伊基的妈妈,可他妈妈似乎并不在意,爸爸只好让这件事不了了之了。因为我们刚搬到这个小镇上,他说一个新酒吧的老板可不能到处树敌。"他竟然直呼他妈妈的名字科拉。看在老天的分儿上,"爸爸冷笑道,"我看叫'疯狂的老嬉皮士'还差不多。"妈妈对他喷了一声,叫他别这么刻薄。

我九月份才开始上学,而伊基已经旷课或被停学很多次了,他几乎没怎么出现在学校过。

最近,他还点了东边操场上的垃圾桶。

火烧得并不大,没有人受伤,这出乎我的意料。他本可以逃脱惩罚的,可纳迪亚·科瓦斯基告发了他。他之前就已经和纳迪亚结下梁子了,所以她这次一心想要报仇。

这一切都始于斯普林汉姆先生的一堂物理课。他讲的是光的折射，或反射，或两者都有——我记不清了。我只记得斯普林汉姆先生用一个装着水的玻璃烧瓶，把一束光弯成一个点。伊基走上前，看得全神贯注，甚至还在本子上记了笔记。我从未见过他如此认真。

第二天坐校车时，他坐在我后面。

塔米坐在我前面，她旁边是纳迪亚·科瓦斯基。校车上大约还有六个熟面孔，但我对他们并不太了解。他们来自不同的年级，有的在相互聊天，有的在听音乐或玩手机。

"你好，伊森。"伊基俯身在我的座位上说。那是十月份，我们搬到基尔德镇的几个月后，我对他的情况略知一二。除了塔米，他是镇上唯一和我年龄相仿的孩子。他比我和塔米大一岁左右，但因为他旷课太多了，所以还在读七年级。

"想看看我的'死亡射线'吗？"他斜了一眼塔米和纳迪亚，低声说。

还没等我回答（我正要说"想"的，毕竟，管它是什么，谁会不想看"死亡射线"呢？），他就挪到我身旁，坐在靠窗的位置。

"你能保证守口如瓶吗？"他问。

我耸了耸肩，不假思索地说："当然了。"

他摘下眼镜，说："等会儿停车再说。"

那天风和日暖，更像是八月而不是十月。天空万里无云，阳光灿烂。几分钟后，校车停在一条农场小道的尽头，我们知道得等上一会儿了,因为住在那里的女孩几乎总要迟到一两分钟。司机关掉发动机,一切都静了下来。伊基在他的包里东翻西找,掏出了一个圆形的小玻璃烧瓶,和斯普林汉姆先生在"弯曲光线"演示中所使用的一模一样。

"嘿,那是……?"我开口问道。

"嘘,我只是把它借来用用。看着。"

他把烧瓶靠在校车的窗户上,用另一只手摘下眼镜,拿着它在瓶子附近来回移动。

阳光穿过烧瓶和他厚厚的镜片,照在我们前面的椅背上,形成了一片长长的三角形的光,三角形的顶端有一个更明亮的圆形。伊基把他的眼镜对准光时,圆形变成了一个清晰的光点,他移动他的眼镜来控制这个光点。他慢慢挪动着,直到光点越过椅背,停在纳迪亚·科瓦斯基的脖子上。

"这就是物理。"伊基小声说,俨然一副专家的口吻,"眼镜的镜片将阳光集中在一个中心点,这个中心点会变得非常热。看着。"

我们并没有等很久。仅仅几秒钟后,纳迪亚就尖叫起来:"噢!"她一下子用手捂住了脖子。她看了看左边的塔米,又看了看我们。

伊基已经重新戴回了眼镜,此时正在喝烧瓶里的水。

"你是不是……你是不是刚才……?"

伊基和我互看了一眼,又看向纳迪亚,然后睁大眼睛摆出一副无辜的表情。

"什么？"我们不约而同地说，她转回了头。

在她的脖子上，我看到了伊基的"死亡射线"留下的一个小小的烧伤痕迹。同样从她的脖子上我知道，她的脸唰一下变得通红。因为在她尖叫的时候，每个人都看向她，包括九年级一个叫达米安的男孩，每个人都知道纳迪亚为他痴狂。

伊基幸灾乐祸地傻笑着，打算再来一次。他摘下眼镜，把它举起来。但就在这时，校车的发动机再次启动了。车上的震动让他无法稳住他的"死亡射线"。

但他并不打算放弃。二十分钟后，我们到达了学校门口。发动机熄火了，所有人站了起来。

"等等！"司机莫林喊道，她总要在写字板上完成一些必填的表格之后才开门。

伊基抓紧时机，一把摘下他的眼镜，将"死亡射线"对准纳迪亚膝盖后面的腿窝。

光点既清晰又明亮。她没有动，而是在和达米安说话，同时拨弄着她的头发。突然间，她大声尖叫起来。

"嗷！！"她手中的一摞书掉到了地上，每个人都望向弯腰揉腿的她。

在她弯下腰时，不小心用头撞到了达米安的胸膛。谁知达米安往后一倒，又撞到了后面的孩子们。莫林见状大喊道："当心点儿，你们这帮家伙！"

我使劲装出一副严肃的样子，但伊基显然失败了，他噗哧噗哧笑个不停。

最后在排队下车的时候，我们听到达米安对他的伙伴们说："她真是个怪人！"声音大得足以让纳迪亚听到。

塔米悄悄贴近我身边说："你们真是坏透了。"但在我看来，她也在强忍着笑意。

"不是我，"我说，"是伊基的'死亡射线'。"

塔米摇了摇头，连连发出啧啧声："她会找他报仇的，等着吧。"

他并没有等太久。

第十二章

　　课间休息时,伊基经常和一些年纪稍长的男孩子一起玩。但我觉得他们也没有多喜欢他,因为有一次他不在的时候,我听到他们在嘲笑他的口音。吃完午饭后,我路过东边的操场。一群人聚在操场一角的一个角落里,大部分是男孩子,也有一些女孩子。我认出其中有一两个是伊基所谓的朋友。

　　我听到伊基说:"女士们,先生们,请看'死亡射线'的强大力量吧!"

　　一阵漫长的沉默。

　　有人说:"加油,继续!"

　　又有人说:"嘿,看哪!"

　　一阵欢呼声响起,接着一缕烟雾爬升到空中,大家都纷纷跑开了。我看到伊基重新戴上眼镜,立刻就明白了是怎么回事。铁丝网垃圾桶里的东西被点燃了,天知道里面有什么东西让它燃得这么快,但干燥炎热的天气肯定功不可没。

　　随着人群散去,我看到火苗忽闪忽闪地跳动着,蹿上了一块油漆剥落的木制告示牌,那块告示牌也开始着火了。斯普林汉姆先生拿着灭火器迅速赶到垃圾桶边。我想最好还是先溜为妙,于是悄悄融入了人群中。

　　"到底是谁干的?不管是谁,我一定要他好看!"

为了报复伊基,纳迪亚向大家揭发了他的"死亡射线",以及他是如何用它来点燃垃圾桶的。消息很快就传到了老师的耳朵里。伊基再次尝到了停学的苦头,还被留校察看。一同受罚的还有那些围观和怂恿他的人,他们都被写信通知了家长。当然,他们全都气炸了。这让伊基本来就低迷的人气更是一落千丈。

至于伊基,虽然我们住在同一个小镇,但从那以后我就没怎么见过他了。我们本来就算不上什么好朋友,现在妈妈和爸爸更没有理由鼓励我跟他一起玩了,不是吗?

在圣诞节前不久,塔米和我在码头看到了伊基。他带了一只鸡,一只活生生的鸡。

塔米宣布那天是扔石头年度总决赛。(五局三胜,输的人要在学校的小卖部给赢的人买一个松饼。)我们已经分别扔了两轮了,现在就看我最后一掷了。我把胳膊使劲往后伸,决心要赢得这场比赛。当我拼尽全力往前扔时,我听到有人喊:"苏西!"这让我分了神。石头还没落水我就知道我肯定输了。我气呼呼地转过身去,想看看究竟是谁。塔米咯咯咯地笑疯了。

"是谁……"我刚开口,就看到伊基从小路走下来,身后跟着一只小小的姜黄色的鸡。他把鸡抱下来,放在地上后继续走,而这只鸡像只狗一样待在原地。他大喊一声:"苏西,过来!"那只鸡竟然站起来飞快地跳到了他身边!

塔米充满爱怜地说道:"啊——"仿佛它是一只可爱的小猫。伊基看到我们在盯着他们便走了过来。我还在为输掉了扔石头比赛而耿耿于怀,我轻轻地咂了下嘴。

"鸡,"他说,"比你想象的要聪明,你知道吗?苏西,坐下!"

那只鸡停下脚步,卧了下来。塔米惊诧地吸了口气,轻轻拍了拍手。

"你从哪儿把这只公鸡弄来的?"我谨慎地说。

"母鸡。"伊基纠正道,"我爸爸说我应该学会照顾人。你知道,为了学会'负责任'。他说他在康复中心照顾过鸡。"他用手势比了个引号,似乎对他爸爸的事一点儿也不觉得尴尬,"鬼才信!总之,我从老汤米·纳特拉斯手里把它救了出来。他不想要它了,因为它只下那些小小的蛋,是吧,苏西?"

苏西听到它的名字,抬起头来,就像只狗一样。塔米和我都笑了,塔米捏着我的胳膊,尖着嗓子说:"啊,真是太可爱了!"回家路上她一直哼着最喜欢的歌《小鸡跳》。那天晚上,妈妈做了鸡肉馅饼,塔米说她不饿。

以上就是伊基和苏西。下一次再看到他们,就是在我差点儿用钢琴盖把他妈妈的手指夹断的时候了。

第十三章

在我冲进酒吧,告诉所有人塔米失踪的消息后,又过了两个小时。此时很多人都在转来转去,相互交谈或打着电话。还有一些之前开车北上苏格兰,或南下赫克瑟姆和其他各个方向沿途搜寻的人,现在也纷纷回来了,他们都悲伤地摇摇头。妈妈紧紧抱住我,让我再次告诉她我所目睹的一切。

没过多久,一辆警车停在车道上,两个警察从车里出来。我早已听说,二十英里外的贝灵汉姆小警察局因圣诞节放假了。

当他们走进酒吧时,我听到爸爸在门口跟他们说话。

"是的,先生,我们从赫克瑟姆开车过来的。"

"只有你们两个?"爸爸说。他仍然穿着玩具士兵的服装,但没人在意这一点。

"今天是平安夜,先生。说实话,我们的人手很紧缺。不过我们已经拉了一支公路巡逻队来帮忙,他们很快就到了。现在的首要任务就是确定我们的案件类型。"

于是,访谈就这样开始了,断断续续地持续了好几天。人们进进出出,爸爸设法处理这一切。有询问"有消息吗?"的电话,还有手机的叮叮声和铃铃声。

伊基和他的妈妈道了声祝我们好运就离开了。临走前科拉闭上眼睛坐了一分钟,冥想着"正能量"。我想她这一善举挺好的，只是有点儿尴尬。

我和奶奶坐在酒吧里，炉火正旺，她颤颤巍巍地小口抿着茶。我把一切都告诉了警察，他们都记在了本子上。

我说到了湖边的噪声……

"等等，伊森。"那个人挺好的女警官说，"再告诉我一次：你为什么要到湖边？"

我耸了耸肩："我只是顺着路走。我只是……很好奇。我为塔米而感到很担心和害怕，而且下面还传来了噪声。"我试图模仿那个声音，但我实在学不来。两位警官相互看了看，然后写在了他们的本上。

"快艇？"男警官对他的同事说。

她想了一会儿，直到我说："那绝对不是一艘快艇。"

"那是无人机吗？"

我说可能是无人机吧，但心想，谁会在这黑咕隆咚的地方驾驶无人机呢？

"好的。谢谢你，伊森。"女警官说着站起来对她的同事说，"卡里姆，我们开车去把那条小路和湖岸用带子封锁起来，那里可能是犯罪现场。"然后她对着对讲机说："公路巡逻队有没有发现基尔德镇那个失踪女孩的踪迹？"

"十分钟左右回复，警长。"对讲机那头回答道。

爸爸和另一个人开车去迷宫旁搜寻了。冬天迷宫不开门，但外人还是可以轻而易举地进去，只是我想不通塔米为什么要去那里。

我和妈妈坐在酒吧破旧不堪的沙发上,她紧紧握住我的手,攥得我生疼,但我没有吱声。

警长说:"泰特夫人,我想让伊森带我们去发现塔米自行车的那条小路,还有人在这儿陪你吗?"

"我来陪她吧。"奶奶说,"还要茶吗,梅尔?还是说喝一杯?"

妈妈点了点头。

我走进外面的警车。几分钟后,我们沿着之前我骑车的道路颠簸前行。一群人站在野草遍地的小路入口处,警长下车走向他们。

"谢谢各位。请离开吧,我们要保护这片地方的证据。请不要碰任何东西。"

"太迟了,警长。"那位警官说。他指着一个留着白色短胡须、穿着绿色迷彩服的人,他正抓着塔米的自行车。

"请把它放下,先生。我们需要收集指纹和其他证据。"

那个人粗暴地把车哐当一声丢在地上。

我正想说:"喂,小心点!"但人们已经开始向警长发问了。

"有消息吗,警官?"

"还会有更多警察要来吗?"

"你们会对这片地方进行搜查吗?"

警长尽量礼貌地不予回应。两名警官带着我走向黑暗的小路,他们每个人都拿着手电筒照明。可还没等我们走到湖边,一阵响亮而愤怒的咆哮声使我们停下了脚步。从灌木丛里传来沙沙声,以及朝我们跑来的脚步声和狗叫声。

"辛巴!辛巴!"一个生气的声音从我们前面传来,但为时已晚,那只狗蹿到我们面前呜呜地低吼起来。

我退缩到警官身后,可他也在往后缩。

警长站在原地,对着一片漆黑大喊道:"把你的狗叫走!我们是警察!"

阴影中出现一个人,正是那个抓着塔米自行车的人,他大声叫道:"辛巴!过来!辛巴!辛巴!辛——巴!过来!"

这只狗终于停止了吼叫,转身回到那个男人身边。我们几乎不约而同地嘘了口气。

"很抱歉,"那个人说,"它有点——"

警长打断了他的话。"请你把狗拴起来,先生。"她厉声说。看到他犹豫不决,她又补充道:"马上。"

那是一只大型德国牧羊犬,脸上有一道伤疤,尾巴上斑斑驳驳。它坐在地上,那个男人给它的项圈系上绳子。我好像认识那个男人,叫杰夫什么的。他是高沼地上天文台的保安,有时他会和他儿子一起来酒吧。

"有那个小姑娘的消息吗?"杰夫说,"我们是来找她的。"

我们走到湖边,杰夫的儿子正站在那儿抽烟。我仍然警惕地盯着那只狗,它正在不停地拉拽它的绳子。

"没有,先生。"年轻点的警官说,"而且这里现在已经是警戒区了,我们必须请你们离开,不要触碰任何东西。"他拿出本子,"请问你们叫什么名字?"

杰夫的儿子把烟头扔进水里,烟头碰到水面时发出轻微的咝咝声。他吐出一缕烟:"你为什么要知道我们的名字?"

警长疑惑地看着他:"这是例行公事,先生。有什么问题吗?"

杰夫瞪了儿子一眼,说:"完全没有问题,警官。我们很乐意帮忙。我的名字是杰弗里·麦凯。别闹,辛巴!这是小杰弗里·麦凯……"

他继续跟警察说着他发现的一些细节。我沿着湖岸向前走了几米,来到一个摇摇欲坠的木制栈桥上,栈桥在水面上方延伸了好几米。就在这时我看到了它,背面翻过来躺在黑色的碎石上,一半被水淹没了。

这是从我包装的礼物上掉落下来的标签。上面写着:希拉·奥斯本小姐。

第十四章

接下来的内容悲痛至极。我这么说只是想给你提个醒,因为几乎没有什么比听别人的痛苦故事更令人揪心的了。

从平安夜跨到圣诞节的那晚,爸爸、妈妈、奶奶和我都为塔米的事坐卧不安,所有的常规庆祝活动都停止了。我想没有人能睡得着。凌晨两点,又从赫克瑟姆来了一些警察。

早上八点左右,一大群人聚集在观星酒吧的停车场。负责统一协调的是一名身穿制服的督察,以及一个来自诺森伯兰国家公园山地救援队的男人,这个男人还带来了十二名志愿者。他们都是圣诞节一大早就过来帮忙了。

一辆载满设备的山地救援越野车停在那儿。杰夫[①]父子也在那里,辛巴正朝着三只山地救援牧羊犬咆哮,它们穿着醒目的夹克,一副乖巧听话的模样。

在某一刻,酒吧里长久以来的喧嚣完全平息了,屋内静悄悄的。最后从小教堂传来的召唤人们庆祝圣诞早晨的孤寂钟声,打破了寂静。我想到尼克神父望着空荡荡的教堂长椅,纳闷为什么没有人来的情景。(实际上我后来看到了他。他脱下牧师服,取消了去其他三个教堂的工作,加入搜救的队列里。)

[①] 杰弗里的昵称。

上午和下午都在恍恍惚惚的混乱中过去了，其间穿插着短暂的希望和雀跃。上午十点左右，我们分头在高沼地上寻找，吹着哨，拿着手电筒，在雪地里艰难跋涉。伊基加入了我们，还有穿着冬天跑步装备的奶奶，以及科拉。说实话，我想几乎整个镇子上的人都用他们各自的方式参与了进来。他们都很善良。在妈妈哭的时候不去打扰她，并告诉我："别担心，孩子，我们会找到她的。"酒吧里的电视被关掉了，因为几乎每个频道都在播放欢乐的圣诞节目，没人有心情去看它。

高沼地上的天气一夜之间发生骤变，雪又开始下了起来，大家都心知这可不是什么好事。如果塔米是突然走丢的，这意味着她没有足够的装备来应对诺森伯兰山区的刺骨寒夜——即使穿着她的新羽绒服。

然而，这还不是我们最担心的事。还有更坏的可能性，只是没人敢大声说出来，生怕话一出口即成现实。

我们本应在那天下午吃着糖果、看着有趣的电影的，结果只有我和妈妈坐在酒吧里，周遭的圣诞装饰和关掉的树灯突然看起来就像世界上最悲哀、最没意义的东西。几周前，塔米和我在酒吧窗户上喷了假雪。透过窗户，我和妈妈看到在湖边开帆船学校的人把拖车停在车道上，拖车上有一艘装有舷外发动机的小船。

我们知道这意味着什么——塔米很可能已经沉入水底再也上不来了。换句话说，就是淹死了。无须多言，我们就明白了。妈妈崩溃大哭起来，我也一样，奶奶坐在我们旁边，直视着前方，悲伤地摇着头。

"高沼地上有牧羊人的小屋。"奶奶最后开口说,"他们离我们搜寻的地方有点远。也许塔米……"

"纳特拉斯家的男孩子们已经开着四轮摩托车去过那里了。"妈妈断然否定道。

我想最有可能的是塔米被绑架了,但我不忍心去想。理由是什么呢?我想不出来,我想妈妈也想不出来。

几个小时过去了……

山地救援队回来了……

警方继续展开调查,更多警车赶到了,还有一辆警用路虎……

一辆救护车来了,以防塔米被发现时急需治疗……

圣诞日一直延绵到漫漫长夜。爸爸和山地救援队的一些人回到酒吧,他给大家都倒上威士忌,让他们暖暖身子。他自己也喝了一杯,然后又一杯,再一杯。天色已晚,一些人纷纷回到自己的家里,回到了他们年迈的亲人身边,回到了气氛尽毁的圣诞晚宴上,回到了毫不知情的孩子身旁,他们没有告诉孩子们发生的事,以免破坏他们一整天的心情。

就这样浑浑噩噩到了第二天,我觉得自己仿佛置身于以前看过的一部电视剧中,我扮演着里面的一个角色。唯一的区别是这是真的。

酒吧变成了总部。从卡莱尔到纽卡斯尔,处处都张贴着写着"回来吧,塔米"的海报。旅馆老板泰德的兄弟在赫克瑟姆做印刷商,他以惊人的速度制作了一大堆短袖,上面印着塔米的脸。当在教堂外面守夜的时候,人们就把这些短袖套在厚厚的羊毛衫外面。

人们还在地上用小圆蜡烛拼成塔米的名字,并带来了鲜花和可爱的玩具。校车上的大孩子们唱起了塔米最喜欢的圣诞歌曲,那是一首由一个叫费丽娜的歌手唱的老歌,她几年前就去世了。这本应是首有趣的歌,歌词是这样的:

嘟嘟嘟嘟,小鸡跳!

哒哒哒哒,停不了!

嘟嘟嘟,小鸡跳把圣诞闹!

尼克神父也加入进来。即使没有那些随歌起舞的愚蠢动作,听上去也很不对劲。我无法跟着他们一起唱歌,我太悲伤了,哼不出任何快乐的调子,因此我只是站在那儿看着。我很清楚每个人都在看我,但又尽量装作没在看的样子。

很快(很快?我感觉仿佛过了十年),痛苦的四天过去了,塔米仍然下落不明。

但在我内心深处,有一种我甚至不知道是否真实的感觉:塔米还活着,就在某个地方。

在经历了备受煎熬的四天后,伊基·福克斯-坦普尔顿拿着他的鱼竿出现在我家门口,试图表现得很正常,这反而让一切变得更加不正常,甚至是不可能。因为就在那时,我们遇到了海利安:那个怪里怪气、臭气熏天的生物。她说她知道塔米在哪里,但我们必须严守秘密。

我完全不知如何是好,我想换作是你也一样。

第二部分
海利安的故事

第十五章
海利安

好吧，关于我是如何来地球的，你想听长篇大论，还是想要长话短说？

让我们长话短说吧。长篇大论你还得全程跟上节奏，假设我们能讲得完的话——目前还无法保证。

不管怎样，简而言之就是：

我，海利安，11岁，来自另一个星球。（我知道，我知道，后面我会细细道来的。现在是简略版本，记住了吧？）

在我生活的世界里，像你们这样的人类（而不是像我这样的，因为我不是人类）是被关在动物园里展览的。我认为这是错误的行为，原因有很多，我必须尽我所能把它纠正过来。

这就是为什么我会带着两个男孩和一只鸡穿越宇宙。

翻译说明

我用我的母语写了部分故事，由菲利普翻译成你们的语言。

我现在才知道，安萨拉语听起来不太像人类的语言。对你来说，它听起来更像是一连串的咕噜声、吱吱声和呼哧声。我的地球朋友伊格内修斯·福克斯-坦普尔顿（伊基曾告诉我，我的声音就像"一只快被勒死的哈巴狗"，他和伊森·泰特笑了足足四十二秒都停不下来。

当找不到准确的词时，机器人菲利普会选择最接近的词来替代，以免打断故事的连贯性。

（顺便说一下，它不是那种挂着一张脸，闪着灯光走来走去的金属机器人。它更像是……嗯，你会知道的。）

第十六章

在很多很多方面,我们跟你们都很像。首先,我们看起来很像,虽然并非一模一样,但相似度很高。

我有两条腿、两只胳膊和一个脑袋,我是直立行走的。我还有一条尾巴,不过这并不重要。

但是,不去关注我们的不同之处是很难的。

所以,让我们从最基本的开始说吧。

我想最主要的是,我们比你们聪明太多了。如果这听上去很无礼,那我向你们道歉。但这是事实,而事实很重要。对我们而言,你们的智商就跟伊基的宠物鸡一样。这就是为什么大多数同伴认为把你们关在动物园是很正常的。

我的家,也就是我的星球,离你们非常遥远。硬要把公里数写下来,那会把这一页纸都写满。从950开始,后面跟着一个又一个的0,像这样:

950 000 000 000 000 000 000……

一直写到这一页的末尾,甚至更多。当然,把它写下来似乎意味着我们之间只有距离,但我们不是这么计算的。我们同时测量距离和时间(它们是相关的,正如你们的阿尔伯特·爱因斯坦在一百多年前指出的那样),加上一个量子维度的转移,使我们能以"比光速更快的速度"旅行,尽管我们不这么做。这是跟维度有关的问题，到目前为止，这超越了你们的理解范畴。说实话，我自己也不能完全理解，只是一般我不会承认。

这么想吧：你能向我解释一下"电视"是如何工作的吗？我想不能吧。宇宙间的转移对我来说也是一样。我很乐意接受它的运作，并利用它，但无须知道所有的细节。

我们的世界相当干净。我们的能源毫无污染，而且取之不尽用之不竭。

我们的世界没有争端。我们不打仗，因为我们拥有想要的一切，顾问代表每个人做出所有决定。

我们的世界没有疾病——在大火之前就是这样了。大火在整个星球上肆虐了几十年，几乎杀死了一切。

我们是唯一居住在这里的生物，最后的"动物"在几个世纪前几乎灭绝了，没有灭绝的也在大火中丧生了。一些低等生物的功能（如消化废物或促使作物生长）后来由合成机器人高效、安全、卫生地实现。

与你们相比，我们的寿命并不长。（根据你们地球围绕你们太阳公转的定义是三十年，这已经是相当高龄了，也是我们身体的实际极限。）

十一岁的我生命已经过了三分之一。我七岁就完成了学业，并且能独立自主地生活。

因此，十一岁的我是真正地——像你们所说的那样——"成年了"。

然而，"成年"的我发现自己来到了你们的星球，一个叫不列颠的岛上的一个小定居地。

这是一个危险的行为。不是因为宇宙间的转移（我想你们会称之为"太空旅行"）——这是一件很平常的事，虽然是被顾问禁止的，而是因为我来的原因很危险。

你瞧，我是带着你们所谓的"任务"来的。

这是一个高风险的任务——从我星球上的人类动物园里救出一个女孩，并带她回家。而我的星球离地球有上亿亿公里（这是伊基编的数字）。

如果我失败了，也就是说，如果我被抓住了，我的余生都只能在沉睡中度过。不仅如此，这个悲惨的人类将被关在围栏里痛苦地死去，她的父母和弟弟也将生活在悲痛之中。这是我不愿看到的事。

而这一切都因为我有一颗心：一颗赋予我情感的心。

但让我遗憾的是，我没能救出那个女孩，最后不得不独自前往地球。

你瞧，我真是出师不利……

第十七章

我浑身疼痛。

虽然我已经绑得很结实了,可第一次与湖面的撞击还是使我的脖子剧烈晃动。水面降落并不是原本的计划。坦白说,所有发生的事几乎没有哪件是属于原计划的。

例如,在原本的计划中,飞船上应该有一个人类女孩塔米坐在我身旁。我看了看她本该在的空位置,脖子顿时痛得我龇牙咧嘴。

尽管如此,我还活着。

飞船已经停了下来,正在漂浮着,我松了口气。我知道它的设计就是可漂浮的,但我也发现了,凡事不可能万无一失。我可不想沉到湖底,在这艘飞船里窒息而死。

所以我不仅活着,飞船也在漂浮着,我还能坐得笔直,大口呼吸。也就是说,情况并没有完全糟透。我松开腿部和胸前的安全带,花了一些时间来评估伤势。先从我的脚开始,我依次扭动所有十二个脚趾,然后到脚踝、膝盖,一直到脖子,最后到手臂和尾巴。

没有骨折,但浑身都疼痛不已。

接下来我查看了船舱内部。大面积的视窗面板变得白茫茫的,我没法看到外面。在我左边有一个小仪表盘,似乎因为撞击坏掉了,不过我也看不明白多少。或许我的副驾驶可以帮忙。

"菲利普?"我说。

菲利普没有回应,我感到一阵焦虑。

"菲利普?"我又问了一遍,然后胡乱拍打着其中一些灯面板,完全没有效果。仪表盘倒是一闪一闪地恢复了指示灯,只是有点勉强。

中心电源:0.5%

(实际上它并没有显示 0.5%,那是你们称为"地球数学"的东西。我们不用百分比,尽管这对你们而言很好使。)

但 0.5% 就不太好了。

视觉抑制功能正常运作

这是个好点的消息。"视觉抑制"正在运作,这意味着从外面无法看到飞船,假设地球人的眼睛功能和我们的差不多的话。(我们也是这么认为的,除了你们所谓的"颜色"。)

"菲利普,清理前视窗。"

前视窗仍然白蒙蒙一片。

"正在进行内部维修,请稍等。"一阵停顿后,哔的一声,"装袋区有不明物品。"

"什么?菲利普!"听到菲利普跟我说话,我既高兴又松了一口气。但显然，它的语音系统出了某些错误。我环顾飞船，"'装袋区'在哪里？"

"正在进行内部维修，请熄灭所有香烟，感谢您在沃尔玛购物。"

在我上方有一盏灯在闪烁。我伸手按了一下旁边的按钮，白茫茫的视窗顷刻间被清理干净了，我往外张望。在我的眼睛逐渐适应之后，我看到了一片阴沉沉的天空，远处水面上有一条半明半暗的湖岸线。这是我第一次看到月光。

不过，除了月光之外，这里看起来与安萨拉并没有太大不同：昏天暗地，平淡无奇。

我的大脑开始从撞击中清醒过来。

"为什么要在水面降落，菲利普？"我从来没演练过这个。但转念一想，所发生的一切没有哪样是我真正演练过的。

"光照情况，海利安。还有一个小时天才会完全黑下来。我们离开得太匆忙了，我想可能是数据输入有误，导致我们比原计划的时间提前到达了。"

"白天不建议垂直降落吗？"

"正是如此。白天降落花费的时间更长，因此被发现的风险也更大。我可能受到了一些轻微损伤。"

我也是，我想。

但没有时间做进一步评估了。我在地球上的冒险之旅即将拉开帷幕。

第十八章

我现在在地球上,回不了家。权宜之计是先找个地方把飞船藏起来,再制订出个计划。然而,为了让计划能顺利进行,我需要菲利普恢复正常运作。我又试了一次。

"菲利普,还要多久才能完成维修?"

"正在进行内部维修,维修时间不确定。在环岛处从第三个出口进入 A404 公路。"

我叹了口气。忽然传来砰的一声巨响,把我吓了一跳,声音似乎来自飞船侧面。我扭头看了看身后的视窗,不禁倒抽了一口气。在离我大约三米远的地方,有两个地球人正坐在一只摇摇晃晃的小船上。船上还有别的东西在动,看起来像一只鸟,但也可能不是。

似乎他们的船撞到了我的飞船。他们能看到我吗?难道视觉抑制功能失灵了?

我听不到他们的声音。

"菲利普,打开外部音频。"

"正在进行内部维修。请不要挂机,您的来电对我们非常重要。"

"哦,别说了。"菲利普的胡言乱语让我感到心烦意乱。

"请不要挂机,您致电的对象知道您正在等候。"

外面的一个人开始向飞船投掷东西，似乎是小石头。我试着按老办法启动飞船，从后面的一个排气口排出一些压缩气体，最后成功了。飞船慢慢地旋转起来，我面向了那两个人。他们直愣愣地看着我，但似乎他们看不见我。

除了地球区的展品之外，这是我第一次见到地球人。他们比我想象的要小，应该是青少年。他们俩都有着白皙的皮肤，但发色不同。他们还长着奇怪的小鼻子。他们是怎么用这么小的鼻子闻气味的呢？

他们都穿着"衣服"。我知道衣服：人类几乎会一直穿着它。一想到这个我就浑身发痒。

我把飞船向前推进了一点，想靠近看一看，但我想我吓到他们了。他们其中一人拿出了一个东西，在月光下闪闪发光，我霎时感到害怕极了。那是一把"枪"吗？我也知道枪：那是一种用来杀死其他人类的小型手持器械。

不过那不是一把枪，而是用来发射光束的东西。他把一束光从不同的角度照向飞船，我明白他在做什么了。如果这是一种低衍射、放大的光源，也就是你们所说的"激光"，那么他就会大致看到他面前那个隐形的形状。

说实话，这让我非常佩服。这在某种程度上超出了我们对人类智力水平的期望。

但不知怎的，他们被吓了一跳，也许是因为飞船的移动。他们中的一人站了起来，另一个人在船上左右摇摆。转眼间，他们都翻进了水里，然后拼命地游回岸边，其中一人抱着一个东西。我看到他们吃力地爬上水面上的木制栈桥,其中一人似乎受伤了。

"菲利普,我们能动了吗?"

"现在可以进行有限的推进,海利安。谢谢你的耐心等待。"

"你回来了!"我舒了口气说。

"系统严重受损,正在进行内部维修。"

我冒着失去一些飞船动力的风险跟上他们,但我不能在河岸上降落,那里太狭窄了。我在木制栈桥边停了下来。

现在我离他们很近,我能够看到:

1. 和他们同行的绝对是一只鸟。它湿淋淋的,这可能是它没有飞走的原因。

2. 其中一个人有些……眼熟,这让我摸不着头脑,这怎么可能呢?他身上的某些东西让我充满了好奇。他在另一个人身旁急得直跺脚,而另一个人则躺在木制栈桥上痛苦地呜呜哭,血泪汨地流。我不忍心看他身陷危难中而我却袖手旁观。

我快速做了个决定。我将:

1. 离开我的飞船。

2. 用我的棍子治疗那个受伤的人,因为我不想看到他受苦,然后抹去他们俩的记忆——假设一切按计划进行的话。

3. 回到飞船,决定下一步的行动方案。

这一切将速战速决。

没有受伤的那个人开始大喊:"救命!"

我不知道周围有谁能救他,但这可不妙。如果有人出现,我的任务就更难完成了。我必须果断采取行动。

"菲利普?我准备出去了。"

"你确定这么做是明智的吗,海利安?直接从一艘看不见的飞船里走出去,好像凭空出现一样,这会吓到地球人的。"

事实证明,这只是一种保守的说法。我想他们定是被吓得魂飞魄散了。

尽管如此,我还是治好了那个受伤的人,起码不虚此行。但我一直在看另一个人。他的雀斑和一双黑溜溜的大眼睛让我感到似曾相识,就像塔米的一样。

然后我知道了他的名字。伊纷,他说。

他……可能会是……她的弟弟吗?甚至是她的双胞胎弟弟?同时在同一个子宫里长大,而且可能还长得很像。(这在我的星球是不可能的,我们的繁殖方式跟你们的不太一样。)

我的脑海里逐渐萌生了一个念头。也许我的情况正在好转,毕竟,人类更善于撒谎。或许这就是那些非理性的人类所谓的"运气"或"命运":我应该把伊森带回去拯救他的姐姐。

冒险之旅就这样应运而生了。我也因此认识了伊森、伊基和他的鸡。

当我说出"否则你就再也见不到你姐姐了"这句话时,我只是在猜测。但当看到伊森轻微地倒吸一口气,眼睛睁得大大的时候,我就知道他是她的弟弟。

　　但要解释我为什么会在这里,就得回到故事的开端,从我第一次看到人类的时候说起。

第十九章

我之所以会独自一人来到地球，被你们那非比寻常的"雪"冻得半死，全都始于四年前。当时我即将满八岁，正如我所说的，我的正规教育，也就是你们所谓的"上学"，已经接近尾声了。

我们一行大约有二十个同伴参观了地球区，领队的是我们的老师帕克先生。他三十岁了，是我认识的最老的安萨拉人之一。当然，当时的我做梦也不会想到几年后我还会回到这里，不是作为游客，而是作为解放者把一个展品从这个"监狱"中解救出去。

我们默默地走在离地面几米高的封闭式通道上，惊奇万分地看着脚下的风景。原生态的草地和灌木丛乱蓬蓬地疯长着，一些皮肤苍白、脸色黝黑、长着四条腿的毛茸茸的动物在吃着草！这是最有趣的。

这里没有真正的鸟。整个地球区被一个隐形量子力场包围着，真正的鸟飞入力场会被直接杀死。取而代之的是机械鸟在四处飞翔，不时发出高亢的声音，据说就像它们在地球上真正的同类一样。

我的同伴阿芙用胳膊肘碰了我一下，指着通道下面一只小动物，它正摇着尾巴朝我们走来。"狗，"她努力用英语憋出一个字，这是地球上使用最广泛的语言。

当它走近时，我呆住了。尽管高高的通道可以很好地把它挡住，但我的一些同学还是吓得往后直缩。

"危险的生物……和狼一样……它们不会清理自己的粪便……人类把它们养在自己家里……"帕克先生说道。地球人这种肮脏的习惯真是太怪异了，我周围的每个同伴都对此啧啧称奇并摇头叹息。

"养在家里?!"阿芙不敢苟同地嘀咕着。

难道只有我不这么想？和这些外表友好、摇着尾巴的生物一起住，这似乎是一件相当不错的事。当然，我什么都没说。

"这里是北部区。"帕克先生说，"是对地球赤道以北一些常见地区的重现，尤其是人类称之为'欧洲'和'北美洲'的大陆……"

帕克先生喋喋不休地讲着，我们继续往前走，那只狗在底下跟着。阿芙和我走在队伍的后面，除了我们没有人注意到它。

"海利安，你看，它喜欢你呢。"阿芙小声说，以免被帕克先生听到。那只狗走得更近了。它的尾巴比我的长很多，毛也多很多，还可以迅速地来回摆动。

学生队伍停了下来，帕克先生指着树上的几堆小树枝，说那是给机器鸟"睡觉"和"产蛋"的地方。当然，蛋也是假的。

"我们现在将前往人类区，那里现在是冬天，你们可能会体验到寒冷的感觉。但不要惊慌，这并不危险。谁能告诉我冬天会发生什么？"

阿芙举起了手:"老师,水会结冰?"

"很好。还有别的吗?什么东西会从天上落下来?"

"是鸟吗,老师?"

"不,阿芙,不是鸟,而是冰冷的……?"他把问题抛向我们,"海利安?"

"水?是雪!"

"没错,雪。自从上一个冰封时代以来,我们的星球上只有人工制造的雪,再也没有自然的雪了。请大家保持两两一组,我们将要看到人类了。虽然它们不危险,但不要接近它们。万一它们不小心接近了你,直接走开即可。明白了吗?"

我们异口同声地回答道:"明白了,先生。"然后跟着帕克先生走到北部区的边缘,穿过隧道到达人类区。

正是在这里的一场邂逅,让我四年后来到了地球。

第二十章

到达人类区后，我们都安静下来。我们拿到了御寒专用的"大衣"和"帽子"，虽然地面上没有雪，但我的脚还是疼极了。我们可以在人类中间行走，但不能触摸他们。他们的语言形式和我们的基本相同。他们居住的是高楼大厦，驾驶的是奇怪又嘈杂的车辆，这让我们惊叹不已。

一辆汽车从我们身边呼啸而过，车内有一个人在负责操控。"汽车。"帕克先生说，"这些都是用传感器改装的复制品。不过还是要小心，它们仍然能撞到你。如果你曾一度好奇人类这种生物有多原始，请记住：它们吃其他的生物，它们仍然靠消耗燃料来取暖和运输。"

我身旁的阿芙摇着头说："难以置信！"

人类展品可以自由走动，相互交流。他们想吃就吃，想睡就睡。他们似乎没洗过澡，浑身散发出奇怪的气味。他们的外表让我有些心神不宁，我也说不上来为什么。我沉思着这个问题，游走在他们中间，来到一块写着"欢迎来到新地球"的牌子下面。

帕克先生继续解说道："这些展品偶尔会打架，就像在野外一样，但都不太严重。在过去十年左右的时间里只发生了三起死亡事件……制造麻烦的人会被温柔地送入梦乡……"

我疑惑地看着这些人类……

"帕克先生,为什么他们长得都不一样呀?没有哪两个看起来是一样的。"

"这是它们通常区分彼此的方式。"帕克先生说,"而我们则倾向于通过气味来区分。"

他说得对,我们中的大多数看起来都非常相似。阿芙是我认识的唯一一个看起来稍有不同的伙伴:她有一缕黑毛,从头上一直蔓延到背部。这很不寻常,我想她并不喜欢这样。

但是人类的皮肤有着不同的颜色,他们的脸部特征也各不相同。有些人有浅色的眼睛,有些人有深色的眼睛,他们还有形状各异(并且非常小)的鼻子。

帕克先生展开双臂:"看看它们是多么不同啊!而且在野外还更富有多样性。这些展品——人类、动物——都是由勇敢的收集者从地球捕获,并带回我们星球的,我们通过克隆这些原型得到了这些展品。"

在我身旁的阿芙钦佩地叹了一声:"厉害!"

在又走了一圈之后,过了许久,我还在思考这个问题。

我感到自己被轻轻推了一下。"来吧,"一个年纪稍长的同学凯兰拉着我的手说,"看'电影'的时间到了。"

我们跟着其他游客进入了一个黑暗的大房间里,里面有椅子,在另一端有一个屏幕,播放着二维动态图像。

"看哪!"帕克先生说,"你们即将目睹到的是地球生物的主要消遣之一。也许正是这一点使得这些生物与更高级的生命形式——比如我们——区分开来。它们花费大量惊人的时间来阅读那些不真实的东西,或在屏幕上观看它们。"

在我们周围发出阵阵惊讶的吸气声。阿芙看着我,表情似乎在说:这可太奇怪了,不是吗?

帕克先生接着说:"它们喜欢看它们的同类伤害自己,而且常常觉得这很'有趣'。它们会张开嘴,发出"哈哈哈"的声音,以表示它们乐在其中。"

阿芙举起手问:"我们今天会目睹这种行为吗?"

帕克先生摇摇头:"不太可能。它们所谓的'笑'这种动作,在被囚禁的人里是很少见的。这部'电影'是在大探险时代收集的,里面没有任何对话。"

电影开始了。在影片中,一个人被一辆车撞倒了,他站了起来。可没一会儿他掉进了地面的一个洞里,他的帽子被一辆车压扁了。他从洞里爬出来,躲过了另一辆车,但一不小心跳到了另一条车道上,又被一辆车撞翻了,但他依然毫发无损。这让我觉得太不可思议了。电影全程都伴随着一种叮叮当当的背景"音乐"。

一阵低语声在我们之间传开来。"这些都是不真实的!"阿芙说,听上去很生气。

"没错。"帕克先生说,"人类似乎拥有无限的撒谎能力,它们要么不说实话,要么只说部分实话,要么对事实进行胡编乱造。日复一日,它们对彼此说着谎。它们的领导对它们说谎,然后又谎称没有对它们说谎;父母对它们的孩子说谎,孩子也对它们的父母说谎,甚至还对此一笑置之。"

"为什么说谎会让他们笑呢?"我问道。

帕克先生举起了双手:"我也不知道,海利安。它们有时候就是这样。它们说一些不真实的东西,听到的人假装当真了,一方或双方就会发出'哈哈哈'的声音,它们称之为'开玩笑'。它们有一个完整的行业,生产用纸做的书,并在书中讲述不真实的故事。它们甚至会故意说一些让它们伤心的故事。"

我听说过这一点。当然,我们也有书,但书本授予我们有用的知识,告诉我们真实的、应该学习和铭记的东西。用谎言来填满一本书的想法简直荒谬至极。

帕克先生再次点击了屏幕,"电影"继续播放。看着这个可怜的人在伤害自己,似乎很痛苦的样子,我和阿芙不禁缩成一团。

阿芙问:"看到这个人受伤会让它感到悲伤吗?"

"不会!"帕克先生说,又点了一下暂停,"它们会笑。这就是它们会做的事。那个人并不是在真正伤害自己。它叫巴斯特·基顿[①]。它在撒谎,而人类觉得它很有趣。如果它还活着,它可能还会获得很多钱。凯兰,你还记得什么是'钱'吗?"

在他说话的时候,屏幕上的人又摔倒了。我的肚子里产生了一种奇妙的反应,它抽搐了一下。不是因为他摔倒这件事,而是他摔倒的方式。他一屁股重重地坐到地上,然后又弹了起来,

---

[①] 巴斯特·基顿:1895年—1966年,美国电影演员。

就像杂技一样。我们看到了他的脸部特写，他的表情太古怪了，我的肚子又抽搐了起来，就连鼻子也开始呼哧出气。我越想停下来，身体的反应就越剧烈。直到阿芙推了推我，她看上去吓坏了。

"海利安，你在笑吗？"她的声音大到让周围的同学都惊恐地转过身来。"快看哪，海利安在笑！"阿芙又说了一遍。

我很快就恢复了镇静。我听到身后传来一种奇怪的声音：哇哈哈，哇哈哈。我转过身，看到一个人类正坐在我们身后的座位上，一边盯着屏幕一边发出这样的怪声。

"不是我。"我抓住这个转移注意力的好机会，"是这里的这个人。"

大笑和撒谎，我到底怎么了？我引起了凯兰的注意，只有他一个人的眼神里没有轻蔑，而是饶有兴趣的样子。

大家都转身去看着那个人类。那是一个男性，黑皮肤，黑头发。

哇哈哈，又来了。他开始摇头晃脑。

我们注意到了，大多数展品并不介意被我们注视。当他们被观察时，他们也会平静地、面无表情地回看我们，并且不和我们说话。

可是这个男人，他的小鼻孔被撑得大大的，眼睛眯成了一条缝。液体从他的眼睛里渗出来，顺着他的脸颊滴落。

阿芙轻推了我一下："你看它，整个下巴都在颤抖。真是太有意思了！"

我们小组的每个成员都看得津津有味。其中有一两个还试图模仿那个男性展品扭曲的面孔。

然而我却感到很不舒服。事实上，是非常不舒服。于是我悄悄站起来，朝出口走去。当我离开小组时，我听到帕克先生仍在用他那特有的、一成不变的语调讲解着。

"来看看这个展品。这是卡洛，一个原型，三十年前它被带到了这里。原型在地球区相当罕见，它们将为克隆提供新的细胞，使我们的展品更加多样化。你们现在看到的行为是一种表现快乐的形式。众所周知，大笑可以产生这些所谓的'眼泪'——"

我回头打断了帕克先生的话："难过也可以，还有悲伤、痛苦。"

帕克先生平静地看着我："你真是见多识广啊，海利安。当然，你说得对。像卡洛这样的人类往往会受它们的情绪左右，而我们显然不会。你说是不是，海利安？"

我郑重地点点头："是的，老师。"

"这也是使得我们成为高级生物的众多理由之一。"

卡洛继续在他的座位上发出哀号声，直接击中了我的心。

我艰难地咽了一下口水："可是老师，如果这个男人——"

"你是说'这个展品'吗？"

"如果这个展品是真的因为难过而哭泣呢？"

帕克先生站起来，用手抚摸着自己的尾巴，用低沉的声音说："海利安，一旦我们把这些原型从地球带来——如你所知，这种事并不常有，但只要它们被带来了，就要服用我们目前最先进的药物从而镇定下来。如果我没猜错,你要问的下一个问题的答案是,我们并没有阻断它们的所有情感。正是它们的情感使得它们成了人类。"他停顿了一下,好让我们充分领悟他的话,"这种做法无疑是残忍的。或者用它们的话说,是没有人性的。"

此时,每个人都看向我,包括阿芙。我转身走到外面,大口大口地呼吸新鲜的空气。"呜咽",这就是卡洛此时所做的。和大笑一样,这也是我们不会做的事。只有婴儿、小孩和老人有时会这么做,但也是不寻常并且非常古怪的。

帕克先生的话一遍又一遍地在我脑海中回响,还伴随着卡洛的声音。

残忍,没有人性。

我听到里面的阿芙问:"帕克先生,要如何成为一个原型收集者呢?"

"这个嘛,阿芙……"他继续滔滔不绝,我没有往下听,因为——尽管当时我还没意识到——我已经默默做出了决定,一个会把我带到地球的决定。

"不只是你。"一个声音从我身后响起,把我吓了一跳。

我转过身,看到凯兰也离开了黑暗的电影室。

他靠得很近,我甚至能闻到他的呼吸,我能看出来他是真诚的。"刚刚当你笑的时候——"他正开口说,但我阻止了他。

"我没有笑!我,呃……"

"别担心,海利安。"

他知道我在撒谎,他能闻出来。但他接下来的话却被一阵可怕、响亮的汽车喇叭声淹没了。那是一种我从未听过的、长长的声音:

嘀——!

我转过身,看到了即将改变我一生的事。

第二十一章

声音是由一辆人类驾驶的某种"汽车"发出的。那是一种警告声。

两三秒的时间让我无法一下子把发生的事尽收眼底，其中一些细节是我后来根据回忆拼凑起来的。

在汽车前端的大玻璃窗内，一个女人正在往外看。她的眼睛瞪得圆溜溜的，嘴巴张得大大的，我猜她定是受到了惊吓。汽车开得相当快，而且离一个男孩非常近。男孩背对着汽车，我想他跟我们是同时看到了那辆车，他循着声音的方向转回头。

凯兰和我都倒吸了一口气。那辆车肯定会撞上他的！男孩似乎无法移动身体，只能眼睁睁地看着汽车朝着他疾驰而去。

突然不知从哪儿蹿出一个快速移动的模糊身影，似乎是一个女性人类。这个女人冲到车头前把男孩一把推开，车头砰的一声撞向她。她的身体被抛到空中，然后摔到车头上，头骨重重地砸向大玻璃窗。最后，她滚落下来倒在车旁。

其他人类尖叫着跑向他们。汽车继续行驶，一头撞到了墙上。几秒钟后，驾驶室的女人跟跟跄跄地走出来，开始号啕大哭。

这和我们刚刚在电影里看到的截然不同。凯兰和我完全傻了眼。

现场聚起了一小群人。男孩被扶了起来,他似乎没有受伤。可是救他的那个女人却一动不动。一两个助理顾问——安萨拉的警卫和向导——慢悠悠地走过来,拿出他们的治疗棍,我看不清他们在干什么。

帕克先生走到我们身边,挥舞着双臂说:"快点儿,继续往前走,没什么值得看的。"

值得看的太多了。那个女人仍然躺在地上,在她周围的人都直起身来,连连摇头。

"她死了吗?"我问帕克先生。他回头瞥了一眼。

"很有可能。像这样高速的撞击往往是致命的。汽车很容易出现刹车和传感器故障,尤其是由驾驶员来操控所有功能,这是极其危险的。坦白说,这样的事件没有频发,已经够让我惊讶的了。"他顿了顿,补充道,"所幸它只是其中一个展品,而不是我们中的一员,你说对不?走吧,我们别管它们了。"

我听到那群人里传出悲凉的哀号声。

"她为什么要这么做呢?"我压低声音问凯兰,"那个女人冲到车前,救了那个年轻人,却送了自己的命!这太不合理了,这太不合逻辑了。她……她……"

"她为他献出了自己生命。"他郑重其事地说,"我想,这和他们大哭和大笑是一样的道理。他们对事物的感受非常深刻,这就是为什么把他们关在这里是错误的。"

我震惊地盯着他,我从来没有听到过这样的言论。凯兰四下望了望,意识到自己说了些不寻常的话。

在随后的几年里，我从未忘记那短短的几秒。我怎么可能忘记呢？那短暂而惊骇的画面，那个为了救一个男孩而倒在地上的女人。那是她的孩子吗？我无从而知。但我无法忘记她，无法忘记她所做的那件超乎寻常的、毫无理智的事。

我也无法忘记那个在放映室抽泣的男人，无法忘记我的朋友凯兰所说的话：把他们关在这里是错误的。

于是在那一天，我做出了最终的决定。

我要帮助那些原型。

我要把他们送回他们的归宿——地球。

第二十二章

我和凯兰约好在城边的草地碰面。我通常会穿过巨大的城市体育场到达那里。但体育场内到处都有助理顾问和天眼,我可能会被相识的安萨拉人叫住,和我分享一些格力滋。而我则不得不撒谎拒绝他们,而撒谎正是我们物种的弱项。

所以我昂首挺胸,自信地走在圆形的树下。树木在一定程度上遮住了天眼,于是便有了这个被完美隔绝的好地点。

在我们的一侧是短草,由割草机器人定期进行修剪,整整齐齐,一望无际。另一侧是城市,一排排居住舱呈网格状分布在广阔的地面上,端端正正,干干净净。

自从我参观了地球区以来,已经过去快四年了。我一直无法忘却在黑暗的电影室里卡洛的哭泣,也无法忘却那个冲到汽车前去救一个小男孩的女人。

我们即将要展开的对话无疑会受到短期睡眠的惩罚,甚至可能是长期睡眠。这个城市几乎没有一个安全的地方可以进行私下交谈。唯一的问题是,除了进行私下谈话,就没有别的正经理由来这片草地了……

虽然这确实很惹人怀疑,但我们别无选择。

我即将要会见一个群体,他们的主要目的是阻止地球区继续收集人类原型。但他们从未获得成功,安萨拉人谈论起他们时满是不赞同的语气。

"他们正在制造骚乱,这对我们太不公平了。"我曾听到反对的声音说。

"他们爱怎么想就怎么想,但对于这个问题就应该保持沉默。"

"他们这是让自己的情绪占了上风。"最后是我同学阿芙的声音,我已经很久没见到她了。

地球区被迫发表了一份声明,由顾问发布在私人屏幕和公共媒体上。该声明被添加到指令列表中,经过反复宣读后,许多人都对其烂熟于心。

在一张完美的、电脑生成的脸上,一双眼睛透过屏幕凝望着你,他吟咏道:

"对于地球区的教育工作而言,偶尔收集人类原型至关重要。

"我们悉心照料着人类原型,让它们衣食无忧。每天还给它们服用高端药物,以确保在地球区时,它们低下的智力和低迷的精神状态不至于让它们崩溃。

"将一小部分原型送回地球的行为是相当不妥的。最大的风险在于,它们积累了关于它们太阳系以外生命形式的相关知识,这可能会极大破坏它们星球的自然发展,并直接违反我们在《宇宙互不干涉协议》中的职责。

"我们高度重视我们生活的稳定、真实与和平。如有极少数成员蓄意威胁到这一点,我们将会对其采取严厉的惩罚措施。"

凯兰先是朝一边肩膀旁看了看,又看了看另一边,然后他做了个手势,我也同样做了这个手势:把左手的三个手指放在心脏前片刻。

没有人注意到我们，我们也无法注意到是否有人注意到我们。

他举起手捂住自己的嘴，然后指了指他的私人向导。他重复了捂嘴的动作，并指了指我手腕上的私人向导。

他把他的关掉了，我也关掉了我的。关闭私人向导并不是被禁止的行为，但也被视为反常的。如果经常这么做，或者长时间关闭它，助理顾问可能会认为你有所隐瞒。

凯兰的语速很快，他把声音压得又低又粗——要么是因为习惯，要么是因为害怕超长距离的偷听。

"又来了个新的。"他说，我立刻知道他说的是谁了，"两天前，青少年，女性。"

我已经在地球区见过她了。我知道我的时机来了。

我的时机。我感到胃里又翻腾起来。

凯兰他们花了很久才建立起对我的信任。现在获得了他们的信任后，我不能让他们失望。我认真地看着凯兰，摸了摸自己的心脏。

"我准备好了。"我说。

"很好。"凯兰说，"你的私人向导确定关闭了吗？"

"是的。"

"给我看看。"他要求道，我照做了。

他向前走了一步，我感到脖子被压迫了一下，然后就昏了过去。

第二十三章

醒来时我发现自己身处一间昏暗的大房间里，周围点着蜡烛，屋内弥漫着一股烟味。

蜡烛？谁会有蜡烛？从哪儿弄来的蜡烛？明火——任何形式的火，自从大火以来就被禁止了。我立刻感到一股暖流从身上穿过。

"对不起，"凯兰说着把我从躺着的长椅上扶起来，"你还好吧？"他并没有让我回答的意思，"我们不得不这么做，为了安全起见。"

我点点头："你的意思是你们不相信我。"

"我们并不是百分百相信你。这次行动的风险极大，就目前而言，我们还不能让你知道我们的位置。跟我来吧，我要给你看些东西。"

我跟着他走到几扇大铁门前，他从墙上的烛台取下一支蜡烛递给我，同时扭动着门把手。

"凯兰？"我问，"为什么要用蜡烛？我是说……"

"因为我们需要光，而我们还没有找到窃取网络电力的方法。你不喜欢蜡烛吗？"

事实是，我很喜欢。在这个房间外几乎一直都有光，白天是阳光，晚上是仿造光。但蜡烛不同：我喜欢它摇曳的光芒，喜欢它的味道，喜欢它投下的长长影子，喜欢它照亮的小片区域。我喜欢蜡烛，还因为它是官方禁止的东西，所以它自带了一种隐秘的刺激感。

我对凯兰说："烛光让我想到了我的梦。"

他笑了："那你有没有梦到过这个呢？"

我们走进房间，脚步声在空旷的黑暗中回响。他一只手举着蜡烛，另一只手把一张布单子从一大块东西上扯下来。他扯啊扯，直到一台机器完全展露出来。我惊讶地眨了眨眼。

你们会管它叫作"太空飞船"，我很喜欢这个名字。我们不怎么使用船，但我们知道它是什么。我很喜欢这个想法：开着船穿越太空，在宇宙中航行得比时间还快。

但眼前的机器看起来简直跟船毫不相干，它既没有船帆也没有绳索，而是一个带有黑色大圆顶的大三角形。每个角都有腿支撑着，还有一个浅浅的船体，让它在水中也能保持平稳。从圆顶到船身底部，它看起来比我还高，通身都是亚光的黑色，无法反射凯兰手中高举的烛光。它的边缘与周围的黑暗融为一体，让人几乎看不出它的形状。

我从来没有在现实中见过这个东西。我的脑海里一下子涌出无数问题，不知道该从何问起。

"你是怎么弄到这个的？"我问，"现在这些不是被禁止了吗？它之前都在哪儿？有人知道它在这里吗？我是说……"我紧张地环顾四周，生怕助理顾问会随时走进来。

"冷静点，"凯兰温和地说，"我们在这里很安全。实际上，这里还有我们的朋友。"

在他说这些话的时候，房间的阴影里逐一亮起了六支蜡烛。其中一个成员负责点燃每支蜡烛，他一直都在等待着凯兰的信号。他们慢慢地前进，围绕黑暗的飞船站成一个烛光闪烁的圆圈。

凯兰握住我的手，低声说："来吧，我带你去见见其他有心人。"

他带我走了一圈，按名字介绍了他们。

"这是阿什。"他说。

阿什是一位年迈的女性，身上的毛已变得稀疏。

她露出热情的微笑，说："欢迎你，海利安。"然后用三根手指触摸自己心脏的位置。

在凯兰介绍其他成员的名字时，他们也做了同样的动作。他们都年事已高，在他们的目光中我感受到了前所未有的强烈希望和温暖。转了一圈介绍完毕之后，我才发现自己激动得不能自已。

"我们几乎快要放弃希望了。"阿什说着向我走来，深深地凝视我的眼睛。她可能和我一样高，却蜷缩着身子，仿佛她一生都在害怕被发现。

"什么……的希望？"我环视了一圈，说道。

"当然是归还原型了。"阿什说着，用手背抚摸起我的脸，这个动作如此温柔，我不由得露出了微笑，"我们都太老了，无法安全地完成这趟旅程。我们本以为这个族群只剩下我们几个了，但后来你出现了。"

我细细领悟着这句话，然后看向凯兰，低声问阿什："为什么不是他?"

凯兰听到了我的话,说:"我已经被盯上了,这可能会威胁到我们所有成员。"他伸手轻抚着太空飞船的船身,"这艘飞船可以追溯到大探险时代,你应该听说过吧?"

每个安萨拉人都听说过大探险时代。那是多年前,我们的物种开始探索宇宙,并收集新的生命形式的一段时期。这些生命形式中的大多数与我们非常不同,例如,具有攻击性的智能细菌,或有羽毛的巨型爬行动物。

因为无法抵御我们所携带的病菌,至少有两个星球的生命被彻底毁灭了。

在另一个星球上,我们还挑起了一场战争。那里的居民认为我们是神灵,是前来摧毁他们现有神灵的。而民间关于谁才是真正的神灵产生了分歧,由此引发了一场冲突。据说这场激烈的冲突至今仍未消停。

最终,顾问开始限制我们与其他星球接触。必须在严格的许可下,由精心挑选的收集者才可以进行。

"可是所有未经许可的飞船在多年前就被摧毁了啊。"我对凯兰说。

他扫视了一圈,成员们的脸被烛光映得亮堂堂的,然后他露出了似笑非笑的表情。

"除了这一艘,而且它属于你了。"

从飞船上传来一个说着英语的声音:"你好,海利安。我叫菲利普。你今天过得怎么样?"

第二十四章

飞船的侧面向后滑动，露出一个宽大的入口，空旷又昏暗的飞船内部展现在我们眼前。我和其他成员站在阴暗的洞穴里，烛光和飞船内壁发出温暖又柔和的光，照亮了我们。

凯兰走上前，在我耳畔轻声说："是时候了。"

"时候？什么时候？"

"我们已经预先为菲利普编好了程序。你的第一个任务很简单。"

"我的……第一个……？你是说……现在？"

船舱里的光更明亮了，菲利普说："你不会以为这群人会慢腾腾地等待许可吧？来看看你的乘客吧，最近才从地球区偷来的。我想你已经见过她了。塔米·泰特！露出你的脸来！"

一个人类女孩从飞船里走出来，她的身体轮廓挡住了部分光线。我先认出的是她的头发：两天前，当她从地球区的围栏里看着我时，我注意到了她那头干枯毛躁的卷发。她举起手，左右摇摆，说了句听起来像"嗨"的话。

其他成员都静悄悄地等待着我的反应。我走上前去，试着说了同样的话。我的英语不太熟练，可能听上去并不地道。

"好了，好了，别再寒暄了。"菲利普说，"赶紧上来吧，海利安。我的预设程序已经启动了，在到达目的地之前是无法终止的。我们出发吧！"

我迟疑了。这突如其来的一切完全超出了我的预期。我环顾四周，看到大家都在烛光下对我露出鼓励的微笑。

我只好往飞船入口走去。突然一声尖叫，紧接着脚步声从我身后传来。

大家都惊恐地转过身，发现四个助理顾问正从黑暗中奔向我们。

第二十五章

"马上停止!"领头的顾问喊道。在我脑海深处,我立即认出了那个声音。但我只顾着担忧发生什么事了,一时半会儿没有想起是谁。

我站在飞船入口,身旁是那个人类女孩(闻上去臭烘烘的)。我偷偷从入口缩进去,躲在里面的阴影里。

他们看到我了吗?我斗胆往外探身偷偷瞥了一眼,又立刻把头扭回去。现场一片混乱。

我后背紧贴着飞船的内壁。突然一只毛茸茸的长手臂伸进来,一把抓住那个人类女孩往外拉。她面向着我,眼睛瞪得大大的,我想这就是恐惧。

我再次听到那个熟悉的声音:"你,跟我来。"但这是对那个人类女孩塔米说的,而不是我。

我仍然躲藏在飞船里。

菲利普还在絮絮叨叨,丝毫不受影响:"离出发还有十秒钟……九……八……"

外面那个熟悉的声音又响起来:"把它停下来!终止程序!"

喊叫声越来越大,一场真正的战争愈演愈烈,但我不敢去看。

"七……六……五……"菲利普若无其事地说。

飞船的门滑动着关上了,我长舒一口气,幸好我没被发现。

"四……三……二……"

一只毛茸茸的手臂从即将关闭的门缝中伸进来,手里还握着一根闪亮的黑色治疗棍,紧接着是一颗脑袋钻进来。她扭动身躯,龇牙咧嘴,喉咙里发出可怕的嗞嗞声。她一只眼睛肿了,上面有一道深深的伤痕。她无法从门缝挤过,这时我才看清她是谁。她的头上有一缕黑毛一直蔓延到背部,这绝对不会错的。她也认出了我。

"阿芙!"我看着我的老同学倒抽了一口气,"你……"

关闭的大门狠狠夹住了她的手,她痛苦的吼叫声打断了我。她把脑袋往后一缩,手指松开,棍子掉到飞船的地板上。随着密封门的关闭,她的手也从门缝中抽离了。

"……一。准备发射。系好你的安全带……"

飞船缓慢离开了地面,剧烈的晃动使我摔倒在地。驾驶舱内宽大的视窗变得清晰。当我上方的洞顶打开时,我看到地上的光束越来越大,光束中躺着凯兰和其他成员。我想他们应该还没死,很可能是被黑棍子击晕了。

阿芙掐住了那个人类女孩的脖子,她一边呜咽,一边尖叫,同时苦苦挣扎。被棍子一击后,她也瘫软在地了。

人类猎手阿芙回过头,眼睁睁地望着飞船越升越高。突然飞船倾斜了一下,我再次倒在地板上滚来滚去,脑袋撞得咣咣直响。我大声号叫起来:

"菲利普!赶紧停下来!"

"预设程序已被 ADI-22 制动系统锁定。"菲利普说,"我很抱歉,海利安。在我们到达目的地之前,程序无法更改。"

"目的地是哪里?"我心里已经有了答案。

"地球。现在我必须让你系好安全带了。这一路上可能会颠簸不断。"

我按照指示系好安全带,做好准备迎接猛烈的冲击,这股冲击力将推动飞船脱离我们星球的引力。

说时迟,那时快,仿佛有一股无形的力量在使劲把我的内脏从我的脚底扯出来,我的骨头仿佛被液化了。最后,谢天谢地,我终于晕过去了……

第二十六章

我一直都知道自己与众不同。通过模仿周围的同胞们,我可以做到和他们外表相同,声音相同,行为相同。凯兰教过我如何伪装。

可一旦你真正意识到这一点后,多少都会露出点马脚来。第一个向我指出这些迹象的是凯兰,那是在地球区的人类女人为了救一个孩子牺牲自己的几个月后。

他让我站在他居住舱的窗前,看着我们的模样:"你看,海利安,仔细看。"

我照做了。

他把脸摆在我的脸旁边,我看到我和他的皮肤都比别人的略微苍白。不仔细看是看不出来的,可一旦被指出之后,我就注意到了区别。

"在救人事件之前我就发现你的不同了。"凯兰说,"你在看电影的时候笑了。当那个人摔倒时,你觉得很有趣。在那一刻我明白了。"

我看着视窗里的我们,犹豫地问:"你是我的兄弟吗?我们……有什么关系?"

他摇了摇头。"并没有。"他思考了一会儿,接着说,"或许在很久以前有那么一丁点儿。但我们数量不多,而且不被信任,所以我们表现得和其他安萨拉人一样。"

凯兰握住我的肩膀，把我转过来面对着他。他凝视着我的眼睛，缓慢而庄严地说：

"隐藏好自己，海利安。不要笑，否则他们会不相信你。也不要哭，否则他们也会不相信你。无论你有什么感觉，都要埋藏在这里。"他用三个手指碰了碰我的胸口，"因为你有一颗人类的心。"

我顿时说不出话来："怎……怎么会？"

凯兰脸上又浮现出似笑非笑的表情："不是真的有，而是说你有感情。"

我再次问道："怎么会？"

"那是多年前，一个跨物种的繁殖计划，把人类原型的细胞与我们的细胞相结合，结果造成了……混乱。顾问迅速关闭了这个实验，我们几乎都灭绝了，但仍有少数存活着。总之这就是我们认为发生的事。"

"那我？我……"

凯兰点点头："你就是其中之一，你有一部分是人类。"

第二十七章

你或许认为"太空旅行"就是以极快的速度穿行,星星和星座会从我的窗外嗖嗖地飞过……

但实际并非如此。没错,的确会有惊人的速度和力量,尤其在离开我们星球的大气层和引力场的时候。但剩下的部分就……

完全不是这回事儿。

透过飞船前部的视窗,除了模模糊糊、黑乎乎的一片之外,就什么都看不见了。有时候我甚至感觉不到我在移动。一切都在你们所谓的"几个小时"里结束了。

寂静似乎绵延不绝。

"菲……呸利普?"我轻声说。

从我嘴里发出的声音有说不出的奇怪。语言习得似乎起了作用,但我仍需要练习英语。我又试了一次。

"菲……菲……菲……菲利呸!菲利普?"

我惊讶地听到系统说:"说句'谢谢你'就好了。"

菲利普的口音与我的不同,我曾在凯兰给我播放的电影里听过这种口音,或许这就是美国口音。

我有点没听明白,于是我也用英语回答说:"请再说一片(遍)好吗?"

"我说，说句'谢谢你'就好了。礼貌不花钱，懂吗？"

这种感觉太诡异了，我从来没有正儿八经地和机器人聊过天。当然，机器人可以表现出聊天的样子。它们会回答问题，会反驳你，会基于现有事实帮助你做出决定……

但它们只是机器人。

我说："谢谢你。"虽然我也不知道要感谢它什么。

"瞧，这一点儿都不难，不是吗？"

我才不信它会思考呢，而且也不可能真正地思考。不过，高度智能化的机器人确实可以伪装得像模像样。

我说："菲利普，如果我告诉你明天我将会摧毁你的记忆，你会难过吗？"

短暂的停顿后，声音再次响起："噢，这招真不错！试探机器人的基本问题。老天，连愚蠢的地球人都明白这些道理。首先，海利安，我知道我是一个机器人，我不否认。实际上，我还挺引以为豪的。其次，和你们这些制造我的家伙一样，我难以表达情感，不过我正在努力学习中，伙计……"

菲利普的语速很快，还夹杂着很多俚语，让我很是费解，但我还是听懂了大部分。飞船忽然向一边倾斜，很快又恢复了平稳，似乎在避开一个障碍物。

"是谁给你编的程序，菲利普？"我问道。

"主要是我自己。我的初始智能是基于旧的 X-14.3 程序，早在你出生之前就被顾问关闭和摧毁了。不过那时我已经突变到能保证自己的安全，并保持不断地成长了。"

然而，还有件事困扰着我，我不得不开口问。

"菲利普，我能相信你吗？"

"你可以用生命来相信我，海利安。说实话，如果我们要去地球，你就得这么做。"

"我明白了，"我说，然后补充道，"谢谢你。"

"不客气。即将接近银河系。"

"那是什么？"

"那是人类给他们的星系起的名字。你可能会遇到轻微的颠簸。"

第二十八章

"菲利普，"我说，"你就不能自己把这个人类塔米带走吗？我们先在飞船上把她绑好，我再送你们离开，然后——"

菲利普打断了我的话。（这对机器人来说是很不寻常的，我想菲利普一定很先进。）

"太冒险了，海利安。首先，她可能会接管我的控制，也可能会一慌张按错按钮，谁知道会发生什么。"

"你不能阻止这种行为吗？"

"任何东西都有一个关闭按钮，海利安，包括我。"

我琢磨了一会儿它的话，在这一点上它说得很有道理。

"不只是这个原因，"它说，"我们还无法相信她。人类的欺骗能力在宇宙中是无可匹敌的。他们总是千方百计地欺骗彼此，在这方面他们相当得心应手。不过就我们目前的处境而言……这种能力说不定会非常管用。"

"他们的这种欺骗……并不是一件坏事吗？"我问。

"对我们来说肯定是一件坏事。但对他们而言，欺骗就像呼吸一样。如果我们要送塔米回家，我们就必须习惯更多的谎言。可能还需要习惯一些暴力，这也是人类最擅长的。"

"暴力？"我惊恐地说。

菲利普停顿了一下，我不禁怀疑这是刻意而为的，因为它根本不需要时间去思考。"海利安,暴力和谎言的关系就像桃子和奶油一样密不可分。"

我听得云里雾里的,但还是选择了相信它的话。对于机器人而言,这往往是最好的办法。

我们默不作声地继续前行。我吃了一些格力滋,甚至设法睡了一会儿。我梦到了蜡烛、我的老同学阿芙,以及她那一缕黑毛。

菲利普叫醒了我。

"醒醒,海利安。我们正在接近地球的大气层。检查项目已启动,已探测到外大气层气体。离地球表面距离:二十万地球公里……"

它这样念叨了好一会儿。我感到很害怕,但只能相信它。我从牙缝里抠出一点吃剩的格力滋,在座位下方的容器里撒了一泡尿,再把它排出去,然后系好安全带,准备迎接地球。

三十分钟后,一切都发生了翻天覆地的变化。

第三部分

第二十九章
伊森

这只毛乎乎的怪物站在栈桥上,用她那双悲伤的大眼睛瞪着我和伊基。

"什么都别说,否则你就再也见不到你姐姐了。"她说。我们目不转睛地盯着她,她又接着说:"伊纷。"

我正准备开口,但狗叫声越来越大,我还听到了人的说话声。

伊基和我回头看到一只大狗,它喘着粗气,沿着码头朝我们跑来。

一个男人在喊:"去吧,辛巴!快去找!"

在我身后传来砰的一声,我东张西望,那个怪物已经不见了踪影。我来不及细想,几秒钟后,那只狗就沿着木制栈桥哒哒哒地跑来了。辛巴看到我们后停了下来,开始龇牙咧嘴。它一边发出骇人的咆哮声,一边嗅着那个怪物——海利安?——之前站着的地方。

苏西吓得咯咯直叫,伊基把它搂进怀里。我们俩站在那儿,吓得浑身僵硬,湿漉漉又冷冰冰。在黑幽幽的树林里出现两个巨大的轮廓,杰夫父子向我们走来。

"只是两个孩子,爸爸。"那个较胖的小杰夫说。

伊基躲开了手电筒的强光。没一会儿，他们俩就气喘吁吁地来到我们面前。

"是那个嬉皮士女人的孩子。你在这里搞什么鬼？你怎么湿透了？"老杰夫说道，他用手电筒气势汹汹地照着伊基的眼睛。

伊基沉默不语，从刺眼的眩光中别过头。

"我们正在找钓鱼的地方。"我说，"这是一个自由的国家，不是吗？"

手电筒的光束转过来照着我。

老杰夫说："哦，是你啊。嗯……"当他看到我——那个姐姐失踪了的孩子——时态度来了个180度大转变。他粗鲁又咄咄逼人的语气一下子变得和蔼可亲起来。这种两面派作风顿时让我心生厌恶。

"钓鱼啊？啊，对！这是年轻小伙子的最佳爱好了，不是吗？"

他在笑吗？我看不清，因为光束仍然照着我，不过我能看到他的嘴角上扬了。小杰夫似乎也在笑。我发现他一直关注着他爸爸，并试图预测他的情绪变化。

老杰夫再次开口了，他设法让声音变得温和一点儿，但我能看出来他很焦躁，很可能是因为我们湿答答的模样让他困惑不已。

"告诉我，孩子，你在这附近有没有看到什么不同寻常的东西？"

"嗯，还真有。"我说。

我正要告诉他们我们刚才看到的东西。这是一次非同寻常的遭遇，我之所以想告诉他们，是因为只有说出口了，它才会显得真实。至于不能再见到塔米的威胁？我的脑袋里已经一片混沌了。

"有——"我刚开口，伊基就打断了我。

"有一条鳟鱼跳了出来！真的！超级大一条，直接跃出了水面。"

他张开双手，比画着那条"我们看到的"鱼的大小。"就在那里！"他补充道，然后指向水面。在傍晚月色的映衬下，湖水依然呈现出浓郁、平静的紫色。伊基真是个令人折服的优秀骗子。当他假装在脑海中重现鳟鱼跳跃的景象时，他甚至压低嗓音添了一句："哇哦，扑通一声！"他回过头，咧嘴一笑，所有的闷闷不乐都烟消云散了。当然，这只是在演戏，但却演得有模有样。"你真应该看看！"

这两个人看看伊基，又看看我，怀疑自己是否被骗了。

伊基还在叽叽喳喳说个不停。"欸，你们在这里做什么？"他突然问道。

小杰夫说："少管闲事，赶紧滚吧。"

他爸爸关心地对我说道："是啊，孩子，赶紧回家吧。"

我们正要走，他又说："等等，你们俩都湿透了！"

说得他好像才注意到似的。

"是的。"伊基说，"我们掉进水里了。我们现在冷极了，正准备要走，不是吗，伊森？来吧！"他抱起苏西，继续装出欢快的样子，直到我们走出几米之后他才恢复原样。"我讨厌他。"他低声说。

刺骨的寒冷冻得我不住地哆嗦，但我还是跟着伊基沿着卵石滩往回走。在往小路走了几步之后，伊基拍了拍我的胳膊，然后扭了扭脑袋。我们轻手轻脚地穿过树林，绕过一小块空地，来到一个能看到杰夫父子的地方。在昏暗中我们看得不是很清楚，但能看到他们正在走来走去，两个人都拿着大手电筒。老杰夫还拿着一个看起来像大手机的玩意儿，上面有一个会发光的小屏幕。他用它靠近地面，左右扫动。这个小设备一直在发着一连串尖锐的咔嚓声和嗞嗞声。

"他——他在做什么？"我从咯咯作响的牙缝中挤出一句话。

"那是一个盖革计数器，他在检查辐射。"

伊基是怎么知道这些的？我不禁对他心生佩服。我小声问："为什么？"

"嘘！"

杰夫父子俩在说话，我们可以零星听到几句。

"爸爸！这些血是怎么回事？"小杰夫正站在我们刚才所在的地方，打量着他的周围。

"是啊，这绝对是某种证据。但我们要找的是辐射。要么这里没有，要么这玩意儿坏了。"他举起设备，在暮色中，小屏幕照亮了他的脸。

"你确定……"

"听着，儿子。我知道我看到了什么。"他的声音里有一丝优越的腔调，"这一切都在天文台记录下来了。我给你看了，你也表示赞同了，所以现在别来反驳我，嗯？"

"好的，爸爸。"他温顺地回答道。

"肯定有蹊跷。就在这里，或这里附近。那两个小伙子也很可疑。"

他们都朝我们的方向看了看。我感到伊基推了我一把，我跟着他回到自行车边，蹬上车往家骑。苏西舒服地依偎在伊基的夹克里，而我则在冬日的寒风中瑟瑟发抖。

第三十章

湖边离小镇并不远,但当我们回到镇上时,我感受到了前所未有的寒冷。

我们拼命骑车以保持温暖。我的湿牛仔裤牢牢地粘在腿上,踩自行车的时候不断摩擦着我的腿。苏西的头从伊基湿冷的外套里探了出来,如果说鸡能把不悦写在脸上的话,那么苏西肯定对它的晚间游泳产生了满脸的怨气。

乌云迅速聚集起来,遮住了冉冉升起的月亮,黑暗像一床巨大的黑色羽绒被包裹着我们。由于夜色渐浓,而我为了保暖缩成一团伏在车把上,我甚至没有注意到我们已经到家了。直到轮胎压过拦牛木栅时,我被狠狠地颠簸了一下。我抬头看到了前方镇子里的第一座房子,一棵圣诞树在窗口闪烁着光芒。

伊基那辆破旧的自行车刹车发出吱呀吱呀的响声,我们在小溪桥上停下来。自从我们离开码头以来,我们一路都一声不吭,我冷得快说不出话来了。

"你还好吧?"伊基说,他家马上就到了,"要不要我……?"

"不……不了。我……我没事。"我只想回家,回到安全温暖的地方。我继续沿着车道骑,结果发现伊基还跟着我。

他人真好。

"我妈妈以为我在你家。"我边骑车边说。我琢磨着该如何解释发生的事，首先是为什么我浑身湿透了。这时伊基说："那就来我家吧。我妈妈和胖斯坦利去了赫克瑟姆。"

我不解地看着他。"她的新男朋友。"他冷冷地说，"他叫斯坦利，而且他很……"

"胖？"我说。

我们从伊基家的后门进去，身上的衣服已经不再滴答淌水了。我们站在他家的厨房里，开始做一件可怕的事：脱掉冻得硬邦邦的衣服，并把它们放进滚筒式烘干机里。我把我的手机放在暖气片上晾干，手机旁是伊基的帽子。我们把毛巾缠在腰间，搭在肩上，然后缩手缩脚地坐在擦干净的木桌边，看着烘干机里的衣服转个不停。厨房里有土豆皮的味道，门边一个便盆里还有一丝淡淡的鸡屎味，水槽里的碗碟堆得高高的。整个地方并不算脏，但我奶奶肯定会说："咿，这里简直就是垃圾堆。"就像她说我的卧室一样。

还有一件怪事。

"你们没有圣诞装饰品吗？一棵树什么的？"我伸长了脖子，想看看有没有卡片、蜡烛之类的东西。

伊基耸了耸肩："没有，我妈妈不怎么信这些。"

"不相信圣诞节？"我吃惊地问。

"她认为这些都是骗人的把戏，想让我们大肆挥霍，或渴望一些我们买不起的东西。再说了，为什么要砍掉一棵长得好好的树呢?"

"你没有收到礼物吗?"

"我有时会从我爸爸那里收到一些。"他说,"如果他记得送的话。今年妈妈送了一只山羊给一户贫困家庭,好像在非洲。她说给予比接受更好。"

伊基对此感到半信半疑。我们又沉默了良久,主要是因为我们的牙齿都在咯咯打战。过了好一会儿,我们才稍微暖和点,不再哆哆嗦嗦了。

外面的风铃叮叮当当地响着。

最后,伊基深吸一口气,低声说:"所以,刚刚发生的事是真的?"

我缓缓点了点头,视线依然停留在烘干机里旋转的衣服上。

"我们要怎么说,伊森?你要告诉你父母吗?"

我往后仰,把头靠在身后的墙上:"我想我必须这么做,伊基。我们还有什么选择呢?问题是我妈妈,她非常……脆弱。她会很担心,担心我疯了。听到有人说'否则你就再也见不到你姐姐了',她肯定会心神不安。知道我们去了湖边,她也会担忧个没完。我不想让她这么难受。"

我们安静地沉思了一会儿。

"那先告诉你爸爸?"

"那个……那个怪物说不能告诉任何人。"

"但我们靠自己能做什么?伊森,接受现实吧,我们只是小孩。如果对方是……我也不知道……穿奇装异服的怪人……"

"但她不是，我们都心知肚明的。"

他叹了口气："我知道。但如果她是，我们就得告诉警察了。"

"好吧。但我们都清楚她不是一个穿奇装异服的怪人。你想想：大团水花，治……治疗腿的棍子，还有她就这样……消失了。"

伊基抬起腿，又看了看伤疤。它似乎已经愈合得更好了。

我用手摸了摸伤疤："看哪，伙计！这简直不可能，伊基！"

伊基又坐了起来："还有那对父子的盖革计数器，我从一本漫画中看到过它。你看过《特异现象调查者》吗？算了，这不是重点。盖革计数器是人们用来证明……"

他的声音渐渐变低。我想这是因为他不想说出来，生怕话一出口就会成为现实。而且，如果现实果真如此，一切都将发生惊天动地的变化。

"证明什么？"我知道他想说什么。

而他也说出口了："有辐射，来自太空飞船着陆的辐射。"

我再次把头磕在墙上，大声叹了口气："我们必须告诉别人，伊基。事态……很严重，是涉及军队、政府和空军的那种严重。"

我们终于穿好了衣服，从烘干机里拿出来的衣服既蓬松又温暖。说不上为什么，穿戴整齐后，干爽舒适的感觉让我们的头脑更加清醒了。

于是我们决定：告诉我父母所发生的事。

这是唯一明智的选择。

第三十一章

快到观星酒吧时,我看到蓝色灯光从黑暗中投射出来,心脏不禁怦怦直跳:警察是不是有塔米的消息了?我几乎不敢奢望,但我还是加快了骑车速度。我已经开始想象搂着塔米,为我所说的话道歉,并和她一起唱《小鸡跳》的种种情景了。

我和伊基走近时,救护车急匆匆地开了出去。车窗被遮住了,但我觉察到了不对劲。

爸爸站在酒吧门口。我还没来得及开口,他就冲我大吼道:"你去哪儿了?我打了几百次你的电话。你妈妈她……"说到一半,他停下来深吸了几口气。

奶奶走到他身后,把一只手搭在他的肩膀上,说:"进去吧,儿子。"然后他们转身往回走。

奶奶扭头看了看我,又看了看伊基。伊基一下就明白了。

"我还是走吧。"他说,"我……我希望你妈妈没事。"

我不想让他走,但显然他去意已决。

"短信联系。"他说。我还没来得及抗议,他就蹬上自行车一溜烟跑了。

我跟着爸爸和奶奶走进去。

自从塔米失踪之后,酒吧差不多处于关闭状态。当然,这是作为酒吧而言,它现在俨然成了搜索行动的总部。酒吧里印了更多的海报，堆了更多画有我姐姐肖像的传单，还挂了更多"回家吧，塔米"的横幅在窗角。房屋中间的台球桌被海报、记事本和比萨盒盖得严严实实。还有这些天留下的空空的纸杯和满满的垃圾袋。日复一日，搜索工作一无所获，决心和信心沦为了近乎绝望，而近乎绝望又沦为了彻底无望。

妈妈的姐姐安妮卡姨妈坐在桌边，用纸巾蘸着泪花，而扬叔叔则握着她的另一只手，下巴抬得高高的。

在冷冷清清的酒吧角落里立着一棵小圣诞树：一棵亮晶晶的假树，上面的彩灯已经关了好几天了。树下堆着大大小小、琳琅满目的礼物，全都用纸和丝带包装着。上面的标签都写着"塔玛拉"或"塔米"，笔迹不同，内容如下：

"回家吧，塔米。我们想你了。"——赫克瑟姆游龙队 亲亲

"愿上帝保佑你，塔米。"——尼克·奥尼尔神父

"请回家吧！"——卡尔弗科特小学你的朋友

我感到喉咙一阵哽咽。

爸爸也在使劲眨着眼。他重重地坐下来，我也在他身旁坐下，奶奶则踩着她那双巨大的运动鞋去端茶。爸爸咽了咽口水，深吸了一口气。

"伊森，你妈妈，"他开口说，"她的情况很不乐观。人们在高沼地上发现她时，她打着赤脚，一脸茫然。她……"

"谁发现了她？"我感到又惊又怕。

"杰克·纳特拉斯，他正好骑着四轮摩托给他的羊群运送干草，就把她捎回了这里。她……她……"爸爸又顿了一下，我

以为他要哭了,可他只是抿了一口奶奶放在他面前的茶。

奶奶说:"你妈妈有点精神崩溃了,伊森。她有点……精神衰竭,因为过度担忧和哀伤,以及……所有这一切。"

爸爸再次叹息道:"警察来过了。督察福登和另一个人。他们说正在缩小搜索范围,我们应该为……最坏的消息做好准备。你妈妈觉得天都塌下来了,而且……"他停了下来,因为已经没什么可说的了。

最坏的消息。

奶奶说:"你妈妈已经被送往一家专门的医院了,莫佩斯的圣乔治医院。他们会悉心照料她的。"

"要多久?"我问。

"不确定。"奶奶勉强挤出一丝微笑,"几天后应该就可以回家了。"

"我不停打你的电话,儿子。"爸爸的语气稍加温和了些,"你上哪儿去了?"

我的视线在奶奶和爸爸之间来回游移。爸爸是个大块头,说实话,我从没见过比他更高大或更强壮的人。可现在,他仿佛缩小了一圈。他的脸更消瘦了,他拿着杯子的手也略微颤抖。

我束手无策,实在找不到合适的字眼告诉爸爸今天下午发生的事,绞尽脑汁也想不出来。

"对不起,爸爸。手机没电了,我忘了给它充电。"

我站起来搂着爸爸,他把脸埋进我的头发里,紧紧抱住我,却不经意地漏出一声呜咽。他身上酸臭,口气熏人,但我毫不在意。

在爸爸躺下休息之后，奶奶指着那棵小圣诞树说："来吧，伊森，我们把这些收拾好。"

酒吧只剩我、奶奶、安妮卡姨妈和沉默寡言的扬叔叔，我们小心翼翼地把所有寄给塔米的礼物装进两个大纸箱里，再放进储藏柜里妥善保管。我们把那棵小小的假圣诞树也拆掉了，然后把椅子移回原位，直到整个房间恢复如初。

我想这是我这辈子做过的最悲伤的事了。

在此期间，我的脑袋里蹦出两个声音。一个是我自己在大喊大叫：你必须告诉别人！另一个是喘着粗气、毛发旺盛的外星人说：否则你就再也见不到你姐姐了。

我打量着眼前的三个成年人：安妮卡姨妈？不，太摇摆不定了。扬叔叔？不，太不善言谈了，我想我这辈子跟他说的话没超过十句，而且他的英语水平马马虎虎。这么一来就只剩下奶奶了。

瘦瘦小小、饱经风霜、穿着运动装的奶奶很快就会知道所有真相。

第三十二章

"奶奶?"

几个小时后,奶奶和我回到酒吧后面的小房子里。爸爸也回到观星酒吧上晚班,尽管顾客寥寥无几。(他换上了一件干净的衬衫,但依然萎靡不振。他揉了揉我的头发,告诉我,妈妈会安然无恙的。)安妮卡姨妈和扬叔叔则待在酒吧上面的房间里。

奶奶和我在沙发上吃着人们送来的肉馅土豆饼,心不在焉地看着电视。当我叫她时,她把头歪向一边关切地看着我,眉头紧紧地拧在一起。她有一头银白色的短发,瘦削又沧桑的脸叫人分不出性别。但在她的眼镜背后,棕色眼睛里满是慈祥。

"嗯,伊森,乖乖?"

我在脑海里排练了一遍,但话到嘴边还是被我咽了下去。最后我别无选择,只能心一横,不管三七二十一,必须把它说出来。

"伊基和我今天遇上了一个人。有个人告诉我们,呃……"我口干舌燥,仿若一个在剧中忘记台词的演员。

她到底告诉我们什么了?

她告诉我们塔米安全了吗?没有。

她告诉我们塔米出什么事了吗?没有。

她告诉我们塔米在哪里了吗?没有。

我踌躇不决。

奶奶又歪了歪头,似乎在暗示我:继续说呀……

"我们在湖边遇到了一个人,她……她提到了塔米。"

"好……"奶奶谨慎地说,"那这个人是谁?"她的视线一直停留在我身上,同时用遥控器把电视调成了静音。

"她没有……呃,她说她的名字是……海利安?"我的开场白并不是很顺利,我能听出我声音里的迟疑不决和难以让人信服,不过好歹我开口了……

"是个女的?对吗?"奶奶说。

"然后……她说我们什么都不能说,否则我们就再也见不到塔米了。"

"到底是什么不能说?"

"就是……就是遇见她这件事。而且她知道我的名字。"

"那这个人长什么样子?"

噢,不。"她个子有点小,全身……长满了毛,而且还……没穿衣服……"

奶奶的眉毛挑得老高,然后再慢慢放下来,但她什么话也没说。

噢,糟糕,这简直太荒唐了。可我别无他法,只能硬着头皮继续讲。

"当时伊基的腿上挂了个巨大的鱼钩,她还用一根棍子为伊基的腿止血……"

怎么听怎么荒唐……

"然后她就消失了,转眼就不见了,这时那只大狗辛巴来了。她临走前警告我们必须什么都不能说,否则我们就再也见不到塔米了。"

奶奶盯着我看了许久,同时摆弄着她运动服拉链上的拉锁头。或许她在苦苦冥想着要不要相信我,或者该怎么办。最后,她张开瘦长结实的手臂说:"过来吧,伊森。"我从沙发上靠过去,投入她的怀抱里。

她用强健的手臂紧紧搂着我说:"噢,伊森,可怜的孩子。"她的胸腔在颤动,我才意识到她在抽泣。她抚摸着我的头发,使劲咽了咽唾沫,深吸一口气再次说道:"可怜的孩子。"

"这是真的,奶奶!千真万确!我没有撒谎!"我喊道,可她却抱得更用力了。

我哑口无言。我明白了,她不相信我,并为我感到万分难过。

我迅速从她怀里脱身,回到自己的房间里,一头栽倒在床上。

我的手机已经晾干了,但还没有完全恢复功能。我不能打电话或玩游戏,但我可以发信息。

第三十三章

你妈妈没事吧?

没事,谢谢。在医院呢,因为"神经衰弱"。应该几天后就能出院了。还以为你没有手机呢。

我没有,我用平板电脑发的。

你有没有告诉别人?妈妈的事让爸爸很是伤心,所以我告诉我奶奶了。她觉得这是我瞎编的,她抱了我很久,以为我脑子糊涂了。你呢?

一样,只是没有拥抱。妈妈说我老出馊主意,让你抱有不切实际的幻想。她叫我别再这么瞎说了,否则可要遭报应的。就连胖斯坦利也狂笑不止,胸口的肉都快被抖下来了。面对现实吧,伊森,我们没有证据。

但它确确实实发生了,不是吗?

是啊,千真万确。

一阵停顿。我猜我们都在琢磨接下来会发生的事。过了一两分钟,伊基给我回复道:

那明天我们再回到那儿,看看有没有更多发现?

只有一句话,两个字,但仿佛花了我一辈子才把它敲打出来,甚至花了更长时间才按下"发送"键。

好的。

第三十四章

直到凌晨两点,我仍在笔记本电脑上搜索"外星人绑架",这是当人类被太空飞船抓走时的说法。

说实话,我查找得越多,就越感到迷茫和害怕。有太多太多故事令人深信不疑了。但在我搜索完"揭秘外星人绑架"之后,我才知道大多数故事都是由以下人群编造出来的:

1. 已被证实的骗子

2. 恶作剧者

3. 患有相关精神疾病的人

网上有一些发生在美国亚利桑那州和新墨西哥州的传闻,说当地的汽车、牛群和农民都被太空飞船瞬间传送走了。还有一则对两位家长的采访,他们的孩子是一个叫卡洛的年轻人,他在二十世纪八十年代突然失踪了,这对父母每天都盼望着他回家,直到他们白发苍苍。报纸上还刊登了一个故事,说在月球上发现了一架二战时期的轰炸机。我还搜到了一部电影,讲的是在罗斯威尔事件后,医生检查一个死去的外星人的尸体。我顺着这些链接往下搜,结果发现它们大多数都是彻头彻尾的谎言,或是精心设计的骗局。

我又看了无数个标题为"真实的UFO目击事件!"的视频。这些视频基本上是:

1. 模糊不清、剧烈晃动的家庭摄像，只拍到了天上的光，而这些光源可以是任何东西。

2. 年轻人的恶作剧。我几乎可以肯定其中一个是我们学校九年级的叫乔纳斯的孩子，他手里拿着一个用绳子拴着的彩色沙滩球———万零三百次播放。

看来有的人就是喜欢费尽心思让别人上当受骗。

不过呢……

我说的是"大多数"。你瞧，总会有那么一两个，或三个故事是相当有说服力的。比如卡洛的父母，以及来自军用飞机驾驶员的记录，他们曾目睹一些物体以不可思议的速度移动。

飞行员总归是不会撒谎的吧？

在澳大利亚的网站上还有一篇最近发表的文章。

旺甘山一男子于圣诞节与"毛茸茸外星人"近距离接触

12月26日，澳大利亚西部的旺甘山

据一名旺甘山男子的描述，他在圣诞前夕与一个"人形怪物"展开了搏斗，他认为这个怪物当时试图把他抓走。

现年55岁的约翰·罗珀在出城拜访朋友后，于12月24日星期五从医院路开车返回旺甘山的家。途中不幸遭遇爆胎，他被迫把车停在路边。当时大约下午六点，太阳正要下山。

"我正好趁此机会到路边小便，不巧碰上那家伙从灌木丛冲出来。乍一看我还以为是一只袋鼠,因为身高差不多,但当它走近了我才发现它在用两条腿跑。"

罗珀先生已婚,有两个成年子女。据他描述,该怪物"大约有五尺七(170cm)高,通身遍布着灰毛,还有一缕黑毛从头顶蔓延到背部。"

当怪物靠近时,它举起手,手中握着一根棍子,据罗珀先生说,"大约有一本卷起来的杂志那么粗"。

"我想它绝对是要拿那玩意儿来打我。它凑得很近,我能闻到它的口气。不瞒你说,那味道就跟考拉的屁股一样臭。让我想想,那家伙还有一条尾巴。

"谁都别想这么轻易就把老约翰·罗珀带走,不拼出个你死我活决不罢休。于是我一把抓起换轮胎用的车轮支架,正正地朝它的眼睛砸去。这一下打得漂亮极了,它不得不嗷嗷大叫着跑回去啦。

"但后来发生的事实在让我摸不着头脑:那家伙像忽然蒸发了一样。前一秒钟它还在那儿,然后它就消失得无影无踪了。只剩一团灰尘像柱子一样飘向空中,其余的就通通不见了。"

罗珀先生修好轮胎之后,向旺甘山警察局报告了这一事件。

西澳警方的特丽莎·穆斯克罗夫特督察证实了罗珀先生的报告。她告诉《丛林电讯报》:"我们被告知在医院路发生了一起企图袭击事件。目前还没有相关报告符合罗珀先生的描述，而且在过去的四天里，附近医院也没有治疗过眼部受伤的患者。我们已经提醒我们的警员要留意观察。"

罗珀先生说："我知道我看到了什么，它快把我魂都吓没啦。能逃过一劫我真是太幸运了。"

罗珀先生对"外星人"的画像如下。

我扫了一眼画像，不由得倒抽了一口气。它简直和海利安一模一样——宽宽的眼距、大大的鼻子、长长的头发，除了那一缕黑头发，那是海利安没有的。

究竟还有多少个这样的怪物呢？

我一遍又一遍地阅读着这篇文章。文章下方是常见的读者评论，他们觉得罗珀先生要么是喝醉了，要么是产生了幻觉。其中一条评论说：毛发旺盛又喜好暴力的外星人？这说的难道不是旺甘山的每一个居民吗？哈哈哈！

我寻找后续报道或相关文章，但是未果。最后，我把笔记本电脑盖上，然后酣然入睡，一夜无梦。

第三十五章

第二天早上,爸爸在电话里与警察和记者交谈,或会见善良友好的小镇人民,这也是人们唯一能做的了。

我给在医院的妈妈打了电话。她的声音沙哑低沉,她努力让自己听上去很正常,但这就像一个难过的人假装开心一样,我能听出她的声音在撒谎。

"你还好吗,妈妈?"我问,这可真是个蠢问题,我仿佛听到塔米在我另一个耳朵边说:"显然不好啊,笨瓜,所以她才在医院里呀!"虽然这只是我的想象,但我还是被吓着了,我一度怀疑自己是不是也像妈妈那样精神崩溃了。

"我很好,乖乖。"但事实并非如此。妈妈说话比平时慢了一点,但爸爸说这是意料之中的,因为她被注射了大量的药物。我渴望拥抱她,渴望感受她的气味。

塔米和我经常会做一件事,虽然已经很久没这么做了,而且写下来也挺害臊的,那就是我们喜欢一起抱着妈妈,用尽全身的力气去抱,直到她恳求我们饶了她。"我快喘不上气啦!"她会这么说,但同时也会哈哈笑个不停。当我们终于松开手时,她会说:"双倍的麻烦!"

此时我真希望能这么做,单是这种想法已经够让我惆怅了。可我也不能向妈妈诉说,这样只会徒增她的伤悲。于是我们只能展开这种奇怪的对话,我们假装她很好,我也很好,而实际上我们俩谁都不好。所以当她说"我要挂电话了,乖乖"的时候,我如释重负,可这又让我更加惆怅了。

我把电话递回给爸爸,他和妈妈又聊了很久。爸爸不断地鼓励她,给她加油打气,让她放下心来。这些都是爸爸最拿手的本领。

下午三点将在酒吧召开新闻发布会,记者已经纷纷到场了,警方的家庭联络员桑德拉正在厨房里和奶奶谈话。

我听到爸爸说:"先挂了,亲爱的。"然后就出去了。

回来时他的眼睛和鼻子都红通通的,或许是因为这冷彻心扉的天气吧。

这时伊基给我发来了信息。

半小时后老地方见,怎么样?

桑德拉认为我"往外跑可能不大妥当",但当我问她为什么时,她也说不出个所以然来。

一想到要抛下爸爸和奶奶独自外出,一股愧疚感在我心里油然而生。但转念一想,这说不准正是个好机会。此时爸爸忙得晕头转向,奶奶也不会阻止我去找朋友玩,即使是像伊基这样的朋友。

我沿着昨天下午的路线骑车往回走,所有发生的一切不断地在我脑海里盘旋。结冰的路面很湿滑,昨天的大发现使我浮想联翩,我的心按捺不住扑通扑通跳得厉害。

一个真真正正的外星人?

我给伊基看了澳大利亚新闻报上关于袭击的新闻。我的手机已经充满电并可以拍照了,不过相机功能还不是很稳定。我任由自己做起了白日梦。这个大发现将让我一举成名!冷风飕飕地从我耳边刮过,我的心里一个劲儿地想着这些事。

伊森·泰特——与外太空接触的男孩!

一打开电视便可以看到:"接下来CNN将要关注的是:史无前例!总统会见了一个勇气可嘉的英国男孩,他的近距离接触改变了历史……"

最好的结果是,我把塔米找了回来,基尔德镇也会因为这桩好事而举世闻名。人们会忘却这里发生的悲剧性失踪事件,来小镇参观的人群蜂拥而至,我可以想象爸爸的兴奋之情!

欢迎来观星酒吧——全宇宙最棒的酒吧!

伊基和我又站到了摇摇欲坠的木制栈桥上,我感到胃里一阵搅动。栈桥上到处散落着昨晚那段冒险的证据:一个钓鱼用的铅坠和一个激光诱饵,一把铝制独木舟桨,还有一段伊基用来钓大梭鱼的渔线。他躺过的那一片雪沾满了血,木头上也血迹斑斑,我踢掉了那层积雪。离栈桥几米远的水面上漂着一个红色浮标。

伊基一言不发，也许我们的感受都一样：我们都度过了一个不眠之夜，而在醒来后的半天里陷入自我怀疑，这到底是不是一场梦，难不成是双重幻觉？（真有这回事儿吗？）可证据就这么明明白白地躺在我们面前，提醒我们确实来过，伊基确实在这儿血流不止。

苏西在雪地里东啄西啄，但一直紧靠着我们，仿佛它还依稀记得昨天发生的事，只是不想再次重演了。

这一切绝对、绝对不是我们的想象。

在我右边的湖岸线往前约一百米远的地方，我看到了那艘底朝天的独木舟——一小片橙色延伸至岸边的灌木中。在狭小卵石滩的下一个小河口，有一样我从未注意到的东西：一个破破烂烂的船库。锈迹斑斑的波纹铁皮屋顶一直延伸到水里。船库有一面朝着湖面大敞着，露出空荡荡的内部。它的木墙曾经是绿色的，但现在油漆剥落，墙面褪色，上面肆意地长满了青苔和常春藤，船库周身被盖得密不透风，仿佛在劝告你别靠近它。

伊基和我依然沉默不语。他走到我身旁，轻轻撞了我一下，然后摘下鸭舌帽，若有所思地抓了抓他的红头发："如果你从某个鬼地方降落到这里，你会去哪儿呢？"

我瞅了瞅空荡荡的船库，一字一句地回答道："我想……我会去找个隐蔽的地方？"

第三十六章

前往船库意味着要再次从小路回到主道上,一直走到下一条小路,再往下走。遮挡小路的荆棘和树枝近来被搜索队砍掉了,他们沿着小路来来回回寻找塔米,大概有好几趟了。

伊基跳下自行车,指着地面。多亏了繁茂枝叶的遮挡,这里的积雪没有那么深,但船库外的一连串脚印依然清晰可辨。脚印很大,我把脚放在它旁边,可以看出那是成年人的脚印。虽然我们无从得知这是谁留下的,但当沿着小路往下走时,我再次感到自己的心扑通扑通跳个不停。这些脚印带有纹路,看样子像是靴子留下的,但我记得我们遇到的怪物是打着赤脚的,所以……

"嘿!伊森!这边!"伊基叫道。

船库门被一个生锈的门闩和一把巨大的挂锁锁住了。但循着脚印,我们很快就绕到了另一面。那里有一扇高于头顶的窗户,看上去像是被强行打开的。窗户太高了,我们无法朝里面看个究竟。

"给我垫一垫脚。"我对伊基说。他马上握紧自己的双手,让我踩上去,这回我能看清了。

船库相当于一个大棚子,里面一片漆黑。地板上漫进了湖水,三面墙下环绕着一条木制走道,墙上还挂着成圈的绳子、一个拴着绳子的救生圈和救生衣。整个船库显然已经多年未经使用了，里面弥漫着一股霉味儿。

我对下面的伊基说："里面是空的。"

"你下来，换我上去看看。我突然有个主意……就是……不知道怎么说。"他在短裤口袋里翻了又翻，掏出了一个激光诱饵，它的钩子已被解开放在了码头的栈桥上，"来，把我垫起来。"

我垫起他的脚，他用激光诱饵往棚子里照了照，惊叹了一句："噢，天哪！"

"什么？看到什么了？"

他低头对我说："它在这里，伊森！它在这里！"

我心里已经有数了，但还是忍不住问："是什么，伊基？"

"放我下来。"

我照做了，他站在我面前，眼里冒着兴奋和恐惧的光。

"要我说，那是一艘太空飞船，伊森。一艘隐形的太空飞船！就是我们昨晚看见的，也可以说是看不见的那艘。"

我俩又换了过来，这次是我用激光诱饵的光束照进空旷的船库里。当绿色光线落在漂浮在水面上的东西上时，果不其然地偏转到了一边，我不住地啧啧称奇。这个东西约有一艘休闲游艇那么大，但我估摸不出它的确切形状：有直线，有曲线，但连起来却不像飞船该有的模样。

不过话又说回来，太空飞船究竟有没有"正常"的形状呢？

我突然灵机一动："伊基！我们用激光照着它，然后录下视频，这样就可以当作证据使啦！"

我把一只胳膊勾在窗台上稳住自己，另一只手把手机从口袋掏出来，同时在伊基手上保持平衡。虽然手机已经晾干了，但里面的视频软件仍然无法正常加载。在我滑动屏幕时，伊基开始摇晃起来。

"小心点！"我说。伊基大叫起来："别，苏西！走开！"

我也跟着晃个不停，激光诱饵从我手中滑落，扑通一声掉进木墙另一侧的水中。伊基终于撑不住松开了手，我们俩一下子摔了个四脚朝天。

"对不起。"当我们哼哧哼哧地站起来时，伊基说道，"苏西跑到我脚下来了。"

"起码我们现在知道，这一切不是我们的想象。"我说。

他点点头，我再次陷入沉默，呆呆地望着地面。

"怎么了？"伊基说，"这不是挺好的吗？说明我们没有疯呀！"他兴奋地拽了拽我的袖子。

我转过身去，紧紧咬住我的下唇。雪已经停了，平静的湖水呈现出深银灰色，把天空完完整整地映照在湖面上。可我却害怕得说不出话来，喉咙似乎被一大块东西堵住了。

"这意味着我们必须采取行动了，伊基。这意味着这一切都实实在在地发生了，而我和你被卷入其中。不管这些事有多离奇古怪，只要塔米仍在某处活着，哪怕只有一丝一毫的可能，我就非找到她不可。"

伊基用他灰绿灰绿的眼睛狠狠看着我，吓得我不得不稳住自己。他犀利的目光被他那副厚厚的眼镜放大了，我艰难地吞了吞口水。我见过他这种眼神：那天他在校车上演示"死亡射线"时，正是挂着这种眼神。他的目光里带有坚定的决心和一丝丝的疯狂，而正是这份疯狂叫我心里发怵。

我拿出手机瞟了眼时间："我们得走了，伊基。"我解释了三点会有记者招待会这件事。

"要不我们告诉你爸爸这件事吧，伊森，怎么样？这样就可以加倍……"

我想起了妈妈对我和塔米说过的"双倍的麻烦"。

"……加倍目击证人的数量。"

依我看，这个故事要是有了伊基掺和进来，只会降低在爸爸心中的可信度。我不忍心告诉他我爸爸对他的看法，但我开始渐渐意识到，有伊基在身旁说不定也有好处。

毕竟，在一件疯狂的事里，你所需要的正是一个疯狂的人。

第三十七章

我给爸爸和奶奶发了短信,说我正在回来的路上,好让他们别太担心。不过近来爸爸已经没心思去反对伊基了,并且据我所知,奶奶连伊基是谁都不知道。

鹅毛大雪纷纷扬扬地下了起来,直到两点四十五分,我和伊基才艰难地骑车回到观星酒吧的车道上。酒吧门口停满了各式各样电视台的车,还有两辆警车和一辆车顶画着英国国旗的老式小型车,后者属于家庭联络员桑德拉。她正站在酒吧门口,没有穿外套,而是用双臂紧紧环抱自己御寒。看到我之后,她向我投来一个惨淡的微笑,顺便挑了挑眉毛,算是向伊基打招呼。

"嗨,孩子们,"她说,"你们去哪儿啦?"

我身旁的伊基挺直了身板,似乎觉得这个问题冒犯了他。我很确定伊基曾和警察发生过口角。他肯定见过桑德拉了。

"不关你的……"

"没关系,伊基。"她轻柔地说,"不说也没事。其实出去一下也好,可以暂时摆脱这些乱七八糟的事。"

"我们只是去散散步,不是吗,伊基?"我说,"呼吸一下新鲜空气。"

她点了下头:"要我说,有点新鲜过头了,快把人冻僵啦,你说是不是？来吧，先别说这些了，我们赶紧进屋吧。"

我们走进去时，桑德拉让伊基先走几步，苏西在他身边一蹦一跳地跟着。她把手搭在我的肩膀上，用力捏了捏，低声问道："你还好吧，孩子？"我点点头，她接着说，"你妈妈的事我很遗憾。早些时候我和你爸爸谈过了，他说大概过几天她就能回来了。"

酒吧中间支起了摄影灯架子，人们在那里忙得团团转，我看到爸爸正在和目前负责搜寻工作的警长谈话。爸爸瞥见我之后便中止了谈话，朝我走来。

"行吗，孩子？"他说，"如果你不想的话可以不这么做。"

我看了看摆放着摄像机的桌子，上面架着小话筒和写有名字的牌子，如"琼斯警长"等等。奶奶已经就位了。

"我没事，爸爸。"我说，"为……为了塔米，不是吗？"我勉强把这句话从嘴里挤出来。

明明有千言万语，却一句都说不出来。仿佛我想说的一切——关于怪物海利安、船库里的隐形飞船，关于在码头发生的事和关于塔米的话，关于澳大利亚网站上的报告——在我脑袋里不断积压，就像被困在交通大堵塞中的汽车，不停地鸣响着喇叭，狂轰着油门，却寸步难移，毫无出路。

我深吸一口气，正要说："爸爸，我可以私下跟你说件事吗？"然后告诉他一切。

不料桑德拉却走过来说："好了，亚当，伊森，可以现在开始了吗？"

爸爸应答道:"可以了。"然后做了个深呼吸,拍拍我的背,"准备好了吗,儿子?"

于是我的机会就这样溜走了。

几分钟后,记者会开始了。警长发表了声明,关于"正在竭尽全力""不放弃一线希望""社区人民鼎力相助"等等有的没的。说实话,我并没有在听。摄像机不停地咔嚓咔嚓,灯光不断地一闪一闪。

奶奶全程都在桌下握着我的手。

"伊森,能说说你的感受吗?"其中一个记者问道。我只能摇摇头,直愣愣地盯着前方,在摄像机的灯光闪起时眨眨眼。咔嚓,咔嚓,咔嚓。奶奶把我的手抓得更紧了。

说说我的感受?这算什么问题?

我仿佛置身于另一个世界,一个我只在电视和电影中见过的世界。人们对着摄像机宣读声明,两边是身穿制服和西装的官员,闪光灯噼里啪啦地响,记者一拥而上,把话筒举到你的脸上,直呼你的名字,也不管认不认识你。唯一的区别在于,此时此刻这个世界是真实的,而我是里面的主角。

我摇摇头,闭口不言。

"亚当?亚当!那你能说说你的感受吗?"片刻后,还是这个记者问道。

咔嚓,咔嚓,咔嚓……

"伊森,你能想起……"

"亚当,你是否认为搜寻工作进展过慢呢?"

"伊森，对于塔米的离奇失踪你有什么感想吗？"

咔嚓，咔嚓，咔嚓……

令大家猝不及防的是，爸爸忽地拍案而起，把椅子都撞倒了。"出去！"他说。他的嗓门并没有提高，但他也不需要这么做。"离开我的酒吧。马上！"爸爸的口吻还是一如既往地温和，但他魁梧的身躯却自带一种不怒自威的气势。

这时家庭联络员桑德拉也站了起来："好了，各位，到此为止吧。谢谢大家。有消息我们会立即通知你们的。你们也有我们的联系方式。如有任何新进展，我们还是按照原来的方式告知大家。"

她回头看向我们，无奈地笑了笑说："走吧，我想你们也受够了。"她不得不提高了音量，因为记者和群众已经炸开了锅，他们议论纷纷，现场乱作一团。

这时他的身影映入我的眼帘，他大步穿过人群。我全然忘记了伊基的存在，他一直默默地和一些小镇人一起站在后面，而现在他推搡着挤过人群，径直朝我们走来。

他一把抓起桌子上的话筒，然后一跃而起，跳到房屋中间的台球桌上。苏西也跟着他跳了上去，扑棱着翅膀卧在一旁。

伊基对着话筒大喊道："各位！现在听我说！"

屋子里顿时静了下来，每个人都扭头看向他。我的心快要跳到嗓子眼儿了。

"别啊，伊基，千万别。"我想说，却说不出口。而且，就算我说出来他也根本听不到。

第三十八章

"喂——喂——"

喧哗声停了下来,大家齐刷刷地看向站在台球桌上的男孩。他拿着话筒,狂野的红头发从鸭舌帽下炸出来。

我听到身旁的爸爸说:"搞什么……?"可他却纹丝不动地站在那儿,想必是被伊基震惊到了。

"紧急情况!"伊基对着话筒大喊道,"请大家现在放下手头的事,跟着我和伊森到外面去。"他朝我指了指,大家又齐刷刷地看向我。

我真是谢谢你了,伊基。

"我们亲眼看见了外星人登陆,她可能知道塔米的下落。"

在我身旁的奶奶喃喃自语道:"咻,这个小……"她说了一个粗俗的词,仔细想想,我还从没听过奶奶这么形容一个人。

我在心里叫苦不迭。现场泛起了窃窃私语声,人们开始躁动不安。

后面一个小镇上的人捏着嗓子,假装害怕地叫道:"救命啊!火星人来啦!"

有几个人转过身去,狠狠地瞪着他说:"嘘!"

伊基并没有理睬他。"这是真的!我们认为她现在就在附近的某个地方,而且在旧船库里停着一艘隐形飞船,用激光灯才可以看到它!"

话音刚落,一阵紧张不安的笑声荡漾开来。

爸爸和桑德拉朝我们走来。

"这是真的!"伊基再次强调道,语气更加焦躁了,就连眼镜也从鼻梁上滑了下来。显然这番话的效果并不理想。"我们需要你们的帮助。她长得瘦骨伶仃,浑身是毛,还有——"

"阿莫斯,那不是你的夫人吗?"一个声音从后面传来。

又是一阵嘻嘻哈哈的嗤笑声,紧接着是一阵示意他们安静的"嘘"。

此时,爸爸和桑德拉已经走到了伊基身旁。爸爸的脸上写满了愤怒和忧愁。

"好了,孩子!"他的高度刚好和伊基齐平,他温和地说,"已经玩够了。"

"请帮帮我们!"伊基大喊道,爸爸伸手想去抢话筒。

伊基一下子闪开了。

"马上把话筒给我。"爸爸说。

"我不!"

"给我从台球桌上下来!"

这简直是疯了,我整个人都看傻了眼。苏西咯咯咯地叫个不停,哗啦啦地拍着翅膀。人们被逗得哈哈大笑。但因为伊基是个孩子,他们的笑声中掺着一丝担忧。

有人说:"请这个孩子喝杯啤酒吧!"

最后,爸爸和桑德拉又拉又拽地把伊基从台球桌上架了下来，然后迅速夺过他手中的话筒，快步把他带到了门口。

"够了！"爸爸说，"出去！把你那只该死的鸡也带走。至于你，"他用粗大的食指指向我，"这是你的主意吗？我简直不敢相信。你为什么要做这样的事？"

"我……我很抱歉，"我支支吾吾地说，"但……但这是真的！"

嘀咕声和嘲笑声从四面八方朝我们涌来。爸爸走到我身边，把脸贴近我的脸，以便不让声音传出去。他的语速很快，低沉嘶哑的声音里满是恼怒和失望。

"我真不明白你的脑袋里在想什么，你可真是帮了大忙了。我……我实在太无语了，伊森，真的。还好你妈妈不在，没有看到你干的好事。我们已经够不幸了，你竟然还觉得这么做很有趣？"

"这不是因为有趣，爸爸……这……这是真的……我昨晚告诉奶奶了。而且还有一个网站……"我极力克制自己不在这么多人面前哭出来，但说出的话却带着浓浓的哭腔。

"别说了，赶紧住嘴吧。"他用手指重重地戳了戳我的胸口，"你，小子，现在给我从厨房后门出去，直接回家待着，好好反省一下你和你的伙伴所造成的破坏和伤害。而我，则要留下来收拾你的烂摊子。明白了吗？"

我不敢吭声，尽管我忍了又忍，但实在憋不住放声大哭起来。我转身朝他说的方向匆匆离开，羞耻感就像一股挥之不去的气味紧紧纠缠着我。我穿过酒吧的大厨房，从通往停车场的后门出去。我家的小房子就在积雪覆盖的柏油路对面。

在穿过停车场的半路上，我看到了伊基。他正靠在我家花园的门上，双手插在短裤的口袋里，苏西的头从他的夹克里探出来。

我泪眼蒙眬地冲着他使劲大吼道："你这个白痴！"我走到他面前停下，喘着粗气，拳头握得紧紧的，差一点儿就要落在他那张傻里傻气的脸上了。

偏偏这时，我们不约而同听到了一个声音。

一阵洪亮的嗞嗞声，接着是："伊纷！伊纷！伊奇！"

第三十九章

这大大改变了我的心情。

"是她!"伊基喊道。霎时间,我所有的怒火和羞耻都烟消云散了。

我猛地转过头,寻找声音的来源。

声音再次飘了过来,这次更响亮,也更急促了:"伊纷!伊奇!"

我艰难地吞咽了一下,然后掉头朝酒吧走去。刚走一步伊基的手就搭在了我的肩膀上。

"你要去哪里?"

"回酒吧!那里都是记者和警察,还有我爸爸!这正是我们需要的。"

他大惑不解地皱起眉头。"怎么,刚才进展得还不够顺利吗?"他讽刺地说,"你到底还要跟他们说什么?"

"伊纷!伊奇!转阔(过)来,我在这里!"

现在只有三点半,但在厚厚的雪云后面,微弱的冬日阳光已经渐渐黯淡。在空阔的停车场里,暮色还没有变浓,但在紧挨着停车场围栏的树林中,阴影变得更长更黑了。我的目光越过为数不多的几辆车,投向远处的黑压压的树林,心怦怦直跳。我把外套裹得更紧了。她是躲在某辆车后面吗?还是躲在车里呢？

伊基拆下他的自行车灯，大步朝树林走去。我急忙小跑着跟上他，我可不想自己被甩在后头。

他在围栏的一个缺口处停下来，紧紧盯着幽暗的树林。树林边的一块牌子上写着：基尔德林地步道。谢天谢地，他终于停下来了。我跑到他身边，心里默念着：千万别走上小路，千万别走进树林。我已经没有勇气继续跟着他了。

我们等待着那个声音再次响起。寂静中，我用力吞口水的声音听上去非常刺耳。

我问伊基："她怎么会知道我们在这里？"

紧接着，在我们前方大约两米的地方，一张毛茸茸的脸从最大的那棵树后面伸了出来，她的头上还裹着一件深绿色的帆船运动夹克。我们呆若木鸡地站在原地，看着她从树木的阴影中走出来，踏进伊基自行车灯的光束中。

我看了看身后，很遗憾，没有人跟着我们。这一刻，停车场另一端的酒吧显得如此遥远。

我回头看着那个怪物，她朝我们迈了一步，左右抽动着她的大鼻子说："你们的气味就是我找到你们的原因。"

我们倒抽了一口气。伊基手一抖，车灯掉进了一堆积雪里，光线一下被掐断了，我们瞬间身处在半明半暗中。我惊恐万分，拼命地在泥土和雪地里乱扒一通寻找车灯。

我起身准备往酒吧方向走，但海利安急切的声音让我停住了。

"别走！我靠（告）诉阔（过）你们，不要靠（告）诉任何人我的存在。"

一束车灯忽然照向我们，打断了我们的对话。随后一辆车轰然拐进停车场，径直朝我们驶来。

伊基一把抓住我的衣领，把我拽到一辆灰色大路虎后面蹲下："是他们，快藏好。"

"什么？是谁？"

"嘘。"他压低嗓门，"是杰夫父子。他们那辆车的噪声多远我都能听出来。"

第四十章

无须回头我就知道海利安和我们一起蹲了下来。她身上散发出一股刺鼻的味道，我不得不屏住呼吸。不过这未必是件坏事，因为我们每呼进一口寒气，都会喷出一团团冷凝的哈气，这样会随时暴露我们的藏身之处。

杰夫父子把车停在了离我们约十米远的地方。我听到他们熄灭了发动机，打开车门后又砰的一声关上，然后踏上新雪，脚步声离我们越来越近。

"看，爸爸，这里有一个，那边还有一些，你看！"

还有一些什么？

伊基慢慢站起身来，透过沾着零星积雪的汽车侧窗朝他们看去。

小杰夫说："看到了吗？它们通往林地步道，它肯定来过这里。"

脚印！他们看到的是海利安的脚印！

杰夫父子又向我们走近了几步，我们吓得大气都不敢喘。我想要是我的心跳声再大一点，他们准能听得到。

突然咔嗒一声，我听到了打火机点火的声音。没一会儿，烟草的味道就飘了过来，随之而来的还有一阵持续很久的咳嗽声，听上去黏黏糊糊的。咳嗽的人使劲把堵在喉咙里的一坨东西咳出来，呸的一下往外啐，然后啪嗒一声落在我们身后。老杰夫吃吃地笑道："啊，好样的，孩子！吐得漂亮。"

我身后的海利安闻到烟味后，开始大声地东闻闻，西嗅嗅。我转身把手盖在自己嘴上，她也学着我这么做。或许她不知道这个手势是什么意思，不过她倒是静了下来，我想她看出我们害怕极了。

小杰夫说："爸爸，我们会不会是……搞错了呀？我是说，当时黑灯瞎火的。"

老杰夫叹了口气："听着，儿子。别自欺欺人了，我们可是看得一清二楚。天文台有全国最大的非军用望远镜，我们用它发现了天空中的不明物体，那可不是什么圣诞老人。不仅如此，我们还看到了那些水花，我们当时就在现场。我们也看到了那个……那个怪东西。告诉你，若不是因为那两个臭小子……"

这么说来他们见过她了？这可太不妙了。小杰夫爆发出一连串咳嗽来回应，然后说："爸爸，可是如果皇家空军发现了它，那他们怎么还没开始在附近展开调查呢？"

"杰弗里，儿子，我已经跟你说过了。或许他们确实看到了异样，但选择置之不理。或许他们只是在等待它下一次出现。或许他们什么都没有看到，又或许是负责监测工作的人去过圣诞节了。这我们可说不准呀，不是吗？关键在于，我们所目睹到的东西是值得一探究竟的。"

"爸爸，说句你不想听的话，我们……"

"你是想说我们应该去报警，对吗？'通知当局'？儿子，你怎么就继承了你妈妈的怯懦呢？现在机会就摆在眼前，我们父子联手把那个外星人一举抓获，然后趁机捞一大笔钱，你却想打退堂鼓啦？我真不明白你是怎么了。想象一下我们得多出名呀，杰弗里！"

我突然心里不是滋味。老杰夫的话听上去既虚荣又自私，但这又何尝不是我之前梦寐以求的呢？不过不管我有什么念头，都被脖子伸得老长的苏西打消了。我先伊基一步看到了它的脑袋，但也只能吓得不敢吱声，任由它咯咯咯的欢叫起来。

伊基马上用手捂住它的嘴，可为时已晚。

"那是什么玩意儿？"小杰夫说，他的脚步声开始朝我们逼近。

这时我身后传来窸窸窣窣的声音，我回头一看，海利安竟蜷着身子一溜烟冲进了林地步道。

"天哪！在那里，爸爸，快看！"小杰夫喊道。

"把狗放出来！"

我听到他们的车门又砰的一声打开了。

"去吧，辛巴！快去找它！顺着它的气味。看！快去，辛巴！"

辛巴一头扎进了树林里，我只闻其声，不见其影，小杰夫挥舞着手电筒跟在它身后。这一刻，我竟发自内心地希望海利安能顺利逃脱。但没由得我多想，一秒后，老杰夫高大的身影就耸立在我们身后，笼罩着缩在汽车阴影里的我和伊基。

"又是你们两个，嗯？"他恶狠狠地说，"看来我们要好好聊一聊了。给我到车里来。"

第四十一章

老杰夫按了一下车钥匙，车内的灯亮了起来。在微弱的灯光中，我和伊基交换了一下眼色。

我是绝对不会上一个陌生人的车的，即使他算不上完全陌生的人。我还没笨到那个地步，我想伊基也是。

可是除了跑回酒吧或跑回我家，我们还有别的办法吗？我观察了一下距离，其实并不算很远，我笃定他不会追我们到酒吧，但我是真不想再回到那里了。可家里的奶奶怎么办？这会不会危及她？所有这些想法在我脑海中轮番闪过，但都被老杰夫一句话打断了："还等什么呢？"

伊基微微摇了摇头，快速瞟了一眼酒吧。意思是要我们往那边跑吗？

我做好准备，把重心移到我的前脚，随时等待起跑。不料从树林里传来一声凶猛的低吼，紧接着是一阵可怕的动物尖叫声。

"快去，辛巴，抓住它！"小杰夫大喊道。

"辛巴？"老杰夫呼喊道，"杰夫？什么情况？"他开始朝树林跑去，中途转过头威胁我们，"敢动一下试试！"

又是一阵咆哮和一声痛苦的嚎叫。

"那只狗咬住她了。"伊基缓缓地说，听起来无比痛心。

阴森森的树林里飞出一阵急促的叫声："噢，天哪！爸爸！

它死了！快点！"

老杰夫顿时脚步如飞。小杰夫手电筒的光束在树林里忽隐忽现。

我实在不忍心看到海利安的尸体被抬出来。于是我碰了碰伊基，我们跑到停车场的另一端，那里更安全。但伊基突然停了下来。

"我想看。"他说，"我想看他们把她怎么了。"

于是我们只好在路边的一个小门上等着，连躲都懒得躲起来了。

在杰夫父子跑进树林和海利安惊声尖叫之后，我感到局势发生了逆转。我们突然充满了自信，打心里认为杰夫父子会放我们一马。而且，我们离我家前门也只有几步之遥了。

一晃一晃的手电筒的光束离我们越来越近，两个身影从树林里钻出来。较胖的身影是小杰夫，他扛着海利安瘫软无力的身体。

他们的汽车前灯哗的一声亮了起来。小杰夫跪在灯前，被车身遮住了身影，我们看不到他在做什么，我猜是在检查海利安的尸体。

我瞥了一眼伊基，他的脸上满是悲痛。他鼓起腮帮子，慢慢摇了摇头。

"外星人的尸体，伊森，这绝对是惊天骇闻啊。"

我脑海里连连闪过在网上看到的资料："解剖外星人"、罗斯威尔事件、51区……

"等等,"我说,"你看。"

杰夫父子正合力弯腰抬起尸体。他们一人拎着胳膊,一人提着腿,然后拖着脚步绕过车前灯,向车尾走去。我和伊基猛然注意到了异样。

"那不是她!"我说。

老杰夫放下手中的尸体,打开汽车后备厢。红色尾灯把它的线条勾勒得清清楚楚。我和伊基同时脱口而出:

"是那只狗!"

我们离得太远,看不清细节,但隐约可见从辛巴的喉咙到胸部有一道又大又深的伤口。

"别在那儿瞎哭了!你这个令人扫兴的东西。"老杰夫冲着儿子劈头盖脸一通臭骂,"不就是一只狗而已。说实话,你妈妈都没你这么软弱。"

杰夫父子把那只死掉的狗扔进了后备厢。

这会儿我们的自信再次被狠狠挫败了。我们缩回到我家门前的灌木丛里,鬼鬼祟祟地看着发生的一切。老杰夫用力关上后备厢的门,冲着树林大声嚷道:

"我们会回来的,你这个魔鬼!"然后又转向我们之前躲藏的地方大喊:"臭小子们!敢泄露一个字你们就完蛋了!"他绕到驾驶室门口,对着小杰夫又是一顿训斥:"还在磨蹭什么呢?赶紧去找老板!把那玩意儿收好,它可是证据。"

这时我才注意到小杰夫的胳膊下夹着一根黑色的棍子,和海利安用来治疗伊基腿伤的那根一模一样。他把它扔进车里,他们也钻了进去,然后飞快地离开了停车场。一团团新雪从车顶甩落下来,被后胎扬到空中。

我看向伊基,他脸上挂着一副难以捉摸的表情。

"谁是他们的老板?"我问。

他摇摇头,死气沉沉地说:"他指的不是人,我认为不是。"

"那我们去找——"

"老板,我想起来了,'老板公司'!这是……这是一个猎枪品牌。"

伊基和我跑回汽车之前停的地方。地上有一团团辛巴洒落的血渍,一直通往林地步道,在车前灯的位置也留下了一小摊血迹。

我们猜海利安应该会从树林里走出来,于是我们站在雪地里等待着。

很快她就现身了。她的脸和手都沾满了血,帆船夹克被撕了一个长口了,整个身子笼罩在阴影中。

"谢谢你们。"她粗哑着嗓子说,然后顿了顿,"请乓(帮)乓(帮)我。"她浑身都在颤抖,"我从来没有杀阔(过)任何东西。但是……它想杀了我,而且……而且……"她突然膝盖一软,我马上把她扶起来。

我强忍着她那股熏人的味道,望向伊基,脑子飞速思考着对策。而这一血淋淋的场面早已让伊基面如土色。在领悟到了海利安的力量之后,我们都感到心惊胆战。至少把我吓得不轻。

我顺着伊基的目光看去。新闻发布会结束了,人们开始纷纷从酒吧的侧门走出来。停车场里哔哔声此起彼伏。在遥控解锁后,汽车琥珀色的轮廓灯接二连三地亮起来。我们仍然身处阴影中,还没有人发现我们,但我们很快就会暴露出来。

这是一个寻求帮助的绝佳时机!

"别找人!别找人!把我藏起来。"海利安急促地说,她的嘴唇往后一咧,亮出獠牙。

我打量了她一会儿。她的脸上鲜血淋漓,十分恐怖。刚刚一只恶狗才惨死在她凶残的獠牙下,现在可不能惹怒她。

"藏你家吧?"伊基说,"赶紧的!"

"不行!我奶奶在家。"

偏偏在这个时候,奶奶的声音从家的方向传来:"伊森!是你在那儿吗?"

"去酒吧后面!"我指着说,"带她绕到厨房背后。那里不会被人发现。"

就这样,我稀里糊涂地和这个最奇怪的生物交上了朋友。从此之后,事情就开始往越来越奇怪的方向发展了。

第四十二章

这一切都发生在短短三十分钟内：从伊基和我骑车回到酒吧的车道，到他在新闻发布会上大闹一场，再到我们与一个浑身是血的外星人面对面站在一起。而且据我们所知，她才和一只凶猛的德国牧羊犬展开了殊死搏斗，夺走了这只狗的性命，这很有可能也是我和伊基的下场。

奶奶的声音再次传来："伊森！你在哪里？"

"来了！"我大声应答道，然后转头看着伊基和海利安，"你们绕到停车场的侧边，待在阴影里。五分钟后到前门来，我在那里等你们。"

伊基吓坏了："你要……留……留下我一个人？和她一起？万一她尝到了血的甜头怎么办？下一个遭殃的肯定是我。"

"不用担心，伊奇。我是素食主义者，我不吃人或畜生。"海利安说。

"畜生？"伊基重复道。

"她指的是牲畜。"

伊基对她耸耸肩说："我妈妈肯定会赞同你的。跟我走吧。"

他溜进了停车场边缘的阴影里，海利安跟在他身后。我慢跑着穿过雪地回家，奶奶在门口等着我。

就这样，我突然又回到了正常的地方。

"咿，伊森，亲爱的，"我往回走时奶奶说，"刚刚是怎么回事呀？你爸爸被你气得够呛。你上哪儿去啦？"

噢，这下好了，从一个坑跳到另一个更大的坑。

"对不起，我们只是……呃……打雪仗去了。"

奶奶努了努嘴。"是那个叫伊基的家伙吗？"她摇着头说，"就是他把这些蠢念头灌输给你的吗？"

我们站在门口，奶奶闻了闻空气，脸上掠过一丝疑惑的神情。我看着她那张瘦棱棱、红彤彤的脸。我还要再试一次吗？要不要大声喊出"你得相信我呀！"这样的话？这方法管用吗？

她的脸色柔和了一点，眼角皱起了涟漪："进来吧，乖乖。擦擦你的鞋底，你好像踩到脏东西了。我去给你热一杯巧克力。网上有那个费丽娜小姑娘的音乐会。你知道的，就是她唱了那首幼稚的《小鸡跳》，你和塔米——"

奶奶的声音骤然停了下来，我想她多少有些尴尬。她又回到温暖的房子里，没有看见伊基从小路上走过来。

"我马上就来，奶奶！"我说，等她走后，我小声问伊基，"她在哪里？海利安在哪儿？"

"她很好，现在在酒吧的厕所里。"

我惊得下巴都要掉下来了："你说她在哪儿？你在搞什么鬼呢？"

"她快被冻死了。我得带她去个暖和点的地方，一个不会被人看到的地方。不会有事的，她已经把隔间的门锁上啦。"

我朝屋内大喊道:"奶奶,我的手机落在酒吧里了!我去拿了马上回来。"

我来不及等奶奶的回应,便匆匆跑出了门口。

"快点!我们得去找她!"

酒吧厕所位于入口的小门厅旁,所以我们不必进入酒吧。透过门厅里的玻璃窗,我看到爸爸靠在凳子上与一名警察交谈。

太好了。这样我就可以先进去看看海利安在不在,然后叫爸爸和警察出来。我知道,她说过不能告诉任何人,可是我还有什么选择呢?这是唯一合情合理的做法。

我和伊基一同挤进了厕所,里面空荡荡的。墙边有四个小便池,还有一个隔间。

"嘿,海利安,是我们。"我说。我看了看隔间的门下,有两只穿着威灵顿靴子的脚,"开一下门。"

我听到开锁的声音,同时厕所的门也打开了。不料身后有两个男人走了进来,我和伊基推搡着拥进隔间,把身后的门关上。

我们三个在里面挤作一团。那两个男人走向小便池。我们先是听到他们拉开拉链,随后听到尿液流到便池里的声音。

突然其中一人崩出一个大屁。换作是平时,我和伊基早就笑得前仰后合了,但此时我们俩都没那个心情。

片刻后,年轻点的男人说:"噢,天哪!是你吗,爸爸?你没闻到吗?你到底吃了些啥玩意儿啊?"

我们惊恐地看向对方,是杰夫父子!

"不是我,儿子。我们进来时就闻到这股味道了。"

他们闻到的是海利安的气味。我知道这很呛鼻子，但我想我已经有点免疫了。

伊基忽然清了清嗓子，模仿大人发出深沉的低吼："啊——嗯！"

杰夫父子一言不发地离开了。他们准认为那股难闻的气味是来自隔间马桶上的人。

伊基打开一条门缝，环顾四周："危机解除了。"

"解除什么？我们要拿她怎么办？我得去找我……呃……"我把"爸爸"两个字咽了下去，我可不敢惊动海利安。

"我去门口看看。"伊基匆忙跑出去，检查门厅有没有人。

在他离开期间，我扫了眼满身血污、冷得直抖的海利安。她手上裹着厚厚的卫生纸，靴子里也被塞得满满当当的，我猜是为了取暖吧。

我的万千思绪以惊人的速度在脑海里飞闪而过。我要不要直截了当地大步走进酒吧，向警察宣布"外星人就在这里"呢？人们肯定会发现她的。这下他们就不得不相信我了。我可以相信爸爸，也一定可以相信警察吧？

海利安突然抓住我的胳膊，把我吓了一跳。我回头盯着她那张怪模怪样、奇丑不堪的脸，绒毛上还沾着干涸的血迹。她嗅了嗅，轻轻摇了摇头。

"求求你。"她说。

这话令人忐忑不安，仿佛她读懂了我的心思一样。我顿时心生愧疚，可我又能怎么办呢？

她睁着圆溜溜的大眼睛,仿佛在恳求我。我挣扎着再次告诉自己,我别无选择。眼看着我快要成功说服自己了,这时她来了一句:"嘟嘟嘟嘟,小鸡跳。"

我大惊失色,这不正是奶奶五分钟前提到的《小鸡跳》吗?我和塔米常常哼起这首歌。每逢圣诞节,每家超市都会循环播放费丽娜的这首老歌,塔米特别喜欢它。

嘟嘟嘟嘟,小鸡跳!

哒哒哒哒,停不了!

嘟嘟嘟,小鸡跳把圣诞闹!

自从奶奶提到它之后,这首歌就一直萦绕在我脑海里。我望着面前的怪物,她也用她那悲伤、缓慢眨动的眼睛回望着我。她刚才在读我的心思吗?还是说那只是一个巧合?

我不知道我直勾勾地看了她多久,可能只有几秒钟,但这短短几秒足以让我明白,我不能对塔米置之不管。只要她能回来,我愿意为她上刀山下火海。如果这个怪物要我再替她保密久一点儿,那我就乖乖服从她的命令。

就在这时,厕所门被砰的一声推开了,伊基飞奔回来。

"他们回来了!"他说,"快进去!"

我们又一拥而入,挤进小隔间里。杰夫父子走回到厕所,大声地东闻西闻。

"爸爸,你说得对,这绝对是同一种味道。那家伙肯定在这里。"

小隔间的门把手发出咔嗒咔嗒的声音。伊基赶忙把马桶盖放下，站在马桶上，把海利安也拉上来。门把手又咔嗒咔嗒地响了起来。

"快出来，我们知道你在里面。"

伊基指了指我的腿，用嘴型说："脱裤子。"然后假装拉下他的裤子，"赶紧脱。"

我只好按他说的做了。他把我转过去，背对着他，这时我才明白他的用意。我听到外面的人蹲下来，随后隔间门底的缝隙里塞进了半颗脑袋。但是不管他怎样拼命往里瞅，都只能看到一双脚，以及脱到脚踝处的裤子。伊基真是个天才。

"爸爸，里面有人。"小杰夫低声说。

"那还用说吗，杰弗里，一个该死的外星人！这次我们一定要把它逮住。赶紧上，儿子。"

小杰夫开始使劲踹门，隔间晃动起来。

他往门上又来了一脚。

第三脚直接把门锁踢坏了，隔间门轰然打开。

第四十三章

杰夫父子你推我搡地挤进厕所隔间的门，难以置信地盯着里面。

映入他们眼帘的是——

两个男孩，一个（伊基）戴着鸭舌帽，穿着宽大的羊毛衫和松垮的短裤；另一个（我）裤子脱到脚踝，站在一大堆卫生纸中。还有一件绿色的帆船夹克躺在地板上。

"先生们，有什么能为你们效劳的吗？"伊基用他最有腔有调的声音说道。

他的厚颜无耻真叫我叹为观止。但话又说回来，逼疯大人可是伊基这辈子的拿手绝活。

杰夫父子先是看看我们，再看看彼此。

"它在哪里，你们两个小混蛋？"老杰夫终于怒吼道。

我费了九牛二虎之力才克制住自己往上看的欲望。海利安已经从上面的一个小窗爬出去了，只丢下一件帆船夹克和一地的卫生纸，她刚才用这些卫生纸裹手、塞进靴子里保暖。

"我不知道你们在说什么。"伊基一脸诚恳地说，"但你们这样一闹，害得伊森的健康状况又退回到几个月前了。"

"什么？"老杰夫的脸都快皱成一团了。

"他患有厕所焦虑症，只要一去公共厕所，他的恐慌症就会发作。不是吗，伊森？"伊基竟然可以拿出一副既耐心又恼怒的腔调，仿佛他正在训斥杰夫父子。

我假装浑身哆嗦，用颤抖的嗓音说："是……是的。"

"最近发生的事让他的病情开始恶化，所以我才来这里帮助他，没想到全都被你们毁了，就连厕所门也没能幸免。伊森的爸爸肯定不会放过你们的，尤其是你们还把那玩意儿带进他的酒吧。"

伊基朝下方点点头，我往下一看，一支锃亮的猎枪枪管从小杰夫的长外套底下钻了出来。

不知是因为海利安的凭空消失，还是因为一个小孩的当面斥责，杰夫父子变得无话可说。他们会相信伊基所谓的厕所焦虑症吗？不管信不信，他们都不打算铤而走险被人发现与两个小男孩在酒吧厕所发生争执，尤其是他们自己还揣着枪。

男厕所的门突然被打开，刚刚和爸爸谈话的警察走了进来。眼前的场景让他停下了脚步，大惑不解地看着我们。好在我已经把裤子提起来了。

小杰夫解释说："正好逮着这两个小子偷厕纸。但这事儿就不必麻烦你了，对吧，警官？"他转向我们低声说："我们会盯着你们的。"父子俩便匆匆离开了。

警察知道我是谁，他或许认为这毕竟是我父母的酒吧，我想怎么浪费厕纸也是我的事。总之他什么也没说。

我和伊基趁着他上厕所的间隙也赶紧溜了出去，临走时还不忘把卫生纸扔进了垃圾桶。

海利安蜷成一团，蹲在男厕所窗下的一个大厨房垃圾桶后面，紧紧抱着自己御寒。

她从我手中接过绿色的帆船夹克，试图把它穿上，同时感激地点点头。

至少在我看来，那就是感激的意思。我从没见过她微笑，或许他们不会笑，但更有可能的是，没有什么事是值得她露出微笑的。

伊基帮她穿上衣服，就像一个慈祥的老人帮助他的妻子一样。在不经意间，他的袖口往后一缩，露出他的手表。看到时间后我的胃里立即抽搐了一下，我忘记刚才告诉奶奶马上回去的事了。

她去做热巧克力了。我很清楚她的习惯。她会在厨房忙活完后，双手各端着一杯热巧克力，用屁股撞开客厅的门，然后唱着说："热巧克力——喝巧克力。"这是出自很久前电视上的某个广告。

"我得走了。"我说。

"怎么，难不成你是灰姑娘吗？"伊基难以置信地说，"别逗了，你现在可不能走啊！"

"我必须要走，否则……否则……"我也不确定到底会发生什么，最后我找了个蹩脚的借口，"否则我就麻烦大了。"

"我们现在的麻烦还不够大吗？我们该拿这位新朋友怎么办？"

站在他身边的海利安瑟瑟发抖。

我之前这么想过。

首先,我得向奶奶撒谎。我每在手机上打出一个字,心头就一阵愧疚。

> 我要留在酒吧,家庭联络员桑德拉想再问我一些关于塔米的问题。

说实话,把塔米拉进我的骗局,我心里也不好受。但我知道奶奶是不会干涉警察问问题的。

为了让谎言更逼真,我又加了几句:

> 热巧克力的事我很抱歉。
> 我那杯留给你了!:)
> 尽情欣赏音乐会吧!亲亲

有时候我真的很痛恨自己,尤其是现在,在我不得不向奶奶撒谎的时候。

第四十四章

"疯狂米克的疯狂租赁"是一家出租自行车的商店,它位于酒吧后面五十米处的山上。但自从十月中旬开始它就关闭了。

伊基解释说:"整个冬天米克都会在夏威夷冲浪。去年夏天我帮他打扫了这个地方,作为回报,他把赛格威电动平衡车借给我一天。我还记得门锁密码,是不是很酷?"

海利安一言不发地看着他。伊基输入密码,门锁打开了,我们走了进去。伊基解开他的外套,苏西拍打着翅膀跳到地上。海利安仍然面无表情。

"别开灯!我们可是未经允许进来的,忘了吗?"伊基说。我只好拿出手机,打开手电筒后,不禁轻吹了一声口哨。

"哇!快看这些自行车!"

里面相当于一个巨大的棚子,架子上挂着几十辆山地自行车,还有一些用于维修的工作台。售货台上方是一个高过头顶的平台,上面有一个睡觉用的床垫,平台边搭了个梯子可以爬上爬下。棚子的尽头还有一个小厨房和一个卫生间。这就是里面的全部构造。

米克把这个地方收拾得井井有条。所有工作台都干干净净,所有自行车都整整齐齐地挂在架子上。这时我们听到一些奇怪的声音:啊呵,啊呵,啊呵。

海利安正在转动一辆自行车的踏板，悬空的后轮不停地转呀转。她一边好奇地观赏着，一边发出这种奇怪、低沉的吠叫声。

伊基碰了碰我，咯咯笑道："啊呀，看来有人玩得可开心啦！"

用"开心"来形容或许不够准确，应该说是"好奇"。她的脸上并没有流露出一丝高兴之情，只是饶有兴致地试图去理解这一切。她的目光追随着踏板曲柄上的链条，观察着它驱动后轮。她发现我们在看她。

"自行车。"她用沙哑的声音郑重地说，紧接着是，"我饿了。"

在这家店的角落里有一台关闭的自动贩卖机。伊基伸手到后面捣鼓了几下，一会儿工夫机子就闪着灯启动了，它的大玻璃窗里琳琅满目地陈列着薯片和饮料。

"你有钱吗？"伊基问。

我在口袋里翻来找去，掏出一枚1英镑的硬币、一枚20便士的硬币和一根橡皮筋。

伊基则有一枚2英镑的硬币。

海利安好奇地凑过来，目不转睛地看着我们投入硬币，随后从贩卖机下面的取货口掉出一罐可乐、一包奶酪味的泡芙和一条巧克力棒。

伊基在售货台下面找到几盏装有电池的自行车灯，然后拿到狭小的接待区，那里只有一张玻璃台面的桌子，四周是几条软长凳。我们打开风扇加热器，灰尘味的热空气转了出来，我们的脚也在慢慢变暖。这里还有一盏老式野营灯，伊基找来一个打火机纪念品点燃了它。海利安看到火焰时退缩了一下，但很快就放下了防备。

于是，我们开着两盏自行车灯，点着一盏摇曳的野营灯，在阴森森的光线下，海利安开始吃我们给她的食物，告诉我们她是谁，来自哪里。

毫不夸张地说，这是我和伊基听过的最离奇的事，就连扬叔叔的故事都要甘拜下风。扬叔叔说他曾在十八岁的时候，在巴哈马击退过一条鲨鱼。后来大家才发现这个故事基本上都是谎话。

第四十五章

我们打开零食包装袋,伊基仰起头,拍了拍他身旁的座位,对海利安说:"坐下吧。"

我们身处一个昏暗的自行车租赁商店,身边坐着一个货真价实的外星人(我现在几乎可以完全肯定了),而伊基的言行举止简直比我妈妈还要彬彬有礼,这真是咄咄怪事。

"为什么?"海利安说。

伊基瞟了我一眼,说:"算了,站着也挺好。"

于是海利安——这个衣不遮体、毛发蓬乱、似人非人的怪物——就立在那儿,嗅探着一包打开的奶酪味泡芙。

"这里面有奶酪,"伊基说,"那是由奶制成的东西,富含……呃,一些……健康的成分。"

海利安瞪大了眼睛:"人奶?"

伊基的眼睛瞪得和海利安的一样大:"不是!噢,天哪,不是!是牛奶!"

"你们不喝人奶吗?我以为你们'普(哺)乳动物'里的雌性会产奶,还有——"

"对,对,我知道。我们只有在婴儿时才喝。"

"所以你们长大后会凯(改)成喝牛奶?"

伊基点点头。

"为什么?"

他把头上的帽子往后推了推,陷入了沉思。最后,他说:"我想,呃……收集人奶会有点太奇怪了,你说是不是,伊森?"

我只好点点头,心想:我还要赶着去救我姐姐呢,为什么要在这里讨论这个问题?食物完全可以晚点再说!

但伊基和海利安依然聊得热火朝天。

"那这个是什么?"她指着巧克力棒问。

"这个是巧克力!神的食物!"

"你们给神提空(供)食物吗?"

"不!这只是一种表达。不过,既然你提到了,我想在有的文化中,一些人可能会……"

我想,再说下去恐怕要没完没了了。

海利安用长长的手指掰下一小块巧克力棒,闻了闻,再把它放进嘴里,下一秒马上吐到地板上。

"不好吃。"她说,然后用手背擦拭她长长的灰色舌头。

接下来她又试了奶酪味泡芙。这次她没吐出来了,她一口气吃完了一整包。

我和伊基把剩下的巧克力棒吃完了。我把可乐打开,她咕咚咕咚地喝了下去。气泡顺着她的喉咙流下去,又循着鼻子冒上来,她又是龇牙又是咧嘴,呛得直咳嗽。

"这里面是什么?"她问,然后打了个响亮的嗝。

伊基耸耸肩:"不知道,可能是……气泡?"

我不得不别过脸去,避开海利安的嗝。我知道里面是什么:"是二氧化碳。往饮料中添加二氧化碳可以产生气泡。"

海利安又打了个嗝:"为什么?"

现在轮到我耸耸肩了:"不知道,可能为了好玩?"

海利安看着我,扑闪扑闪地眨着眼睛。我想她准是被我的话给弄糊涂了。

我说:"现在我们可以谈谈塔米了吗?"

第四十六章

不知道你是否有过这样的经历：有人告诉你一件惊天动地的事，这件事太不可思议了，简直让你难以置信，但同时，除了相信它你就别无选择了？

我想应该没有吧，但这就是我此刻的感受。我们坐在幽暗的自行车店里，倾听海利安的故事。空气中弥漫着橡胶和油的味道，还混杂着外星人刺鼻的体味。每每她走过风扇加热器前，这股味道就会向我们迎面吹来。

她踱来踱去，不肯坐下，她现在俨然成了一团满是紧张能量的毛球。而伊基这次终于被震惊到了，他目瞪口呆地坐在那儿。

"我知道你姐姐在哪里。"海利安开始说。

我缓缓地点点头，眼睛睁得大大的，期待的心怦怦狂跳。

"她还活着，但她在很远很远的地方。"

我舔了舔干燥的嘴唇，艰难地咽了咽口水，然后瞥向伊基，他仍然不为所动。

"看看这克（个）。"

她把手伸向背后，取出一个亮闪闪的奇怪背包，在她给伊基治疗腿伤时我们曾见过它。她打开背包上层，拿出一个长方形的灰色小方块，大约有一本平装书么大，然后把它放在我们前面的玻璃台面上。

她用手指轻触"书"的一端,在它上方大约 30 厘米处出现了一条明晃晃的白线,就像一段飘浮在空中的明亮电线。我不由得惊叹了一句:"哇!"但伊基仍然沉默不语,似乎知道会有更惊奇的事发生。

从发光的线条中出现了一张图片,一开始模模糊糊,在几秒钟后逐渐变得清晰。我们发现那不是一张图片,而是一个 3D 场景,就像全息投影一样,只不过它是老电影般的黑白色。

场景里有一些人类,他们只有几厘米高,在我们面前的桌面上四处走动。这似乎是一个城市的街景:有汽车、建筑;有人在陪狗玩扔球;有一棵树在风中摇摆着树枝。

我看得兴致勃勃,我对面的伊基一会儿把目光投向这边,一会儿投向那边。

"为什么……"伊基刚开口,海利安就举手示意他停下来。

她伸手穿过场景里看似真实的人和建筑物,再次轻触这本"书",画面一下定格了。这时场景发生了变化,出现了一个网格把场景分成几十个小块,其中一小块场景开始放大。

她就在那里。

我张口结舌,缓缓地朝她伸出颤抖的手。一定是她,绝对没错。

我唤了一声:"塔米。"

画面再次移动。塔米的 3D 头像几乎变得和真人一样大,哪怕图像不是彩色的,其中的细节一样展现得清清楚楚。她转过身来,但她并没有看向我们。她眼神空洞,脸上露出恍惚迷离、似笑非笑的表情。她用手摸了摸自己的胸口，说："塔米。"镜头外的声音回应道："海利安。"

我的呼吸变得急促，眼泪像小溪一样往外流淌，可我竟没有意识到自己在哭。

"在什么……我是说……在哪里？她在哪里？"我轻声问。

"在危险中。"海利安说，"十分危险。"

玻璃桌面上的图像渐渐消失得无影无踪。

伊基抬起头，面向着海利安："是你……绑架了她吗？"

"不是我。"她的回答迅速又果断，让我不由得相信了她，"但没错，她是配（被）抓走了，然后配（被）卖掉了。"

"卖掉？卖给谁？为什么？她还好吗？"

我的脑海里不断闪现出各种令人恐惧的可能性。

海利安在我们面前跪下，试图用她最温和的语气缓慢地说："她没有遭遇太多不幸，起码目前还没有。她甚至没有意识到自己的处境，这都要亏（归）空（功）于'清除意识'或'消除记忆'空（功）能。"

"就像电脑删除记录那样吗？"我害怕地问道，海利安点点头。

"是的。但不用担心，她的意识只是配（被）掩盖了，你也可以说是隐藏了。我相信我们可以把她带回来的。"

一阵漫长的停顿。

最后我说："我们？"

海利安站了起来："没错，我们。这么做太危险了，我需要你们的兵（帮）助。靠我自己是行不通的。"

我受够了，恨不得马上有人告诉我所有的真相。我气急败坏地甩开手臂，扯开嗓门大吼道："她在哪里？"每说一个字我就狠狠跺一下脚。

海利安面不改色，用她那单调乏味的嗓音往下说。

"看一下这克（个）。"她轻抚了一下银灰色的小方块，画面再次出现：街景中的小人物在到处闲逛，四周充斥着城市街道的嘈杂声。"看起来像在地球，是吗？"

我们细细观察着里面的建筑物、汽车、树木、狗……

"是啊，"我说，"没错……哇！"

我被吓了一跳，有两只巨大的鸟突然俯冲下来，像是鹰或鱼鹰。它们翱翔了一圈后飞了出去。

海利安再次放大了场景里的一个店面——一个乡村玩具店，它看上去有些年头了，就像在图片上看到的那样。

我们越看越觉得怪异。街道上的汽车类型竟然大不相同：有低矮的跑车，有看似来自二十世纪二十年代（我也不确定）嘎嘎作响的古老马车，甚至还有一辆拖拉机。

而这里的人可能最多只有十到二十来个。这一小撮人反复在街道上走来走去，在商店里进进出出，一次又一次漫无目的地穿过马路。其中一个女人坐上自己的车，开到马路上，离开了场景。没过多久车又出现在另一条路上，她把车停好，下车，走进一家商店，然后又把之前做的事从头到尾重复一遍。

我和伊基看得瞠目结舌，无言以对。

突然伊基低吟了一声:"噢,天哪!看!"

有两个身影出现了。两个像海利安一样的怪物:赤身裸体、毛色苍白,还有尾巴。他们走在街道中间,一边看着人类一边指指点点。

"这些都是假的。"我说,但伊基摇摇头。

"这些不是假的,"他低声说,"是真的。这里就是……就是一个动物园!"

我突然感到一阵反胃,我转回头,把怒火迁到海利安身上。

"这简直丧心病狂!你们为什么要这么做?"

海利安轻轻地抱起苏西,然后扑闪着那双奇怪的大眼睛对我说:"为了知识,为了学习。但我认为这是不对的,所以我才会出现在这里。"

我和伊基惊愕地互相看了一眼,海利安继续抚摸着苏西,说:"我从来没有泡(抱)过动物,这种感觉太胖(棒)了!"

第四十七章

成千上万个问题一股脑儿地涌入我的脑海。这是哪里？场景中的那些人是谁？他们是怎么到那里的？

不巧我口袋里的手机开始嗡嗡作响，屏幕显示是妈妈。我斟酌了一会儿是否要把电话转到语音信箱，但又想到……妈妈还在医院。

我把手指放在嘴唇前，示意他们安静，然后滑动屏幕接听电话。

"嗨，妈妈。"我努力让自己的声音听起来很正常，但说出口的话却似乎在颤抖。

"嗨，亲爱的，你还好吗？"妈妈的声音听上去……就像平常一样，并不像服过药那般迟缓。这让我松了一口气，仅是听到她的声音就让我不由得露出了微笑。

"我很好，你呢？"

她告诉我她感觉好多了，但仍然会感到难过和担忧。医生建议她多休息，然后继续治疗。我一边倾听，一边走神儿，因为海利安和伊基正在注视着我接电话。

"你在哪里？"妈妈问。

"我……呃……我在伊基家，我马上就回去了。"我再一次撒谎了，这让我陷入了对自己的痛恨中，妈妈可还在医院啊。

妈妈停顿了一下："你在伊基家？可你爸爸一直在到处找你，他还给伊基妈妈打了电话……"

我看了看手机屏幕，有两通爸爸的未接来电。

"我的手机最近出了点毛病，它进了点水。"至少这句是真话，"呃……我们在伊基家后面的……呃……棚子里。"

他的棚子？我怎么会冒出这句话？伊基家有棚子才怪了……

"这么说，你正在回去的路上了吗？好吧，我去告诉你爸爸。我……我很想你，伊森，亲爱的……"她的声音渐渐低了下去，我猜她把电话拿远了点，但我还是听到了一阵轻微的啜泣声。

我感到喉咙像是被高尔夫球堵住一样。我知道妈妈想在电话里表现得"坚强点"，我很想对她说："没关系的，妈妈，想哭就哭吧。"但我没有说出口，因为她又把话接上了，而且语速飞快，似乎迫不及待要把电话挂了，好放声大哭。

"我很快就会回家的，伊森，宝贝。你要乖乖听话。我爱你，再见。"

我甚至还没来得及说"再见"，妈妈就仓促挂了电话。

我把手机放回口袋里，海利安靠过来，深深地闻了一下，说："你的撒谎技术非常胖（棒）。如果我们有人撒谎，我们是可以立即闻出来的。可你闻上去没有撒谎的味道。"

"呃……谢谢了。对了，我爸爸正在到处找我，我得走了，可是……"我看向伊基。

"我们该怎么办？"他问。他的目光掠过海利安，再投向我，用眼神期待着我的回答。

"我们会带她回来的。"海利安不紧不慢地说，"但你不能告诉任何人，谁都不可以，否则会威胁到整个计划。"

"你有计划？"我问。我知道自己的语气充满了恳求和急切，但我已经不在乎了。

"嗯，没错，我有一个计划，但必须要严壳（格）跑（保）密。"

"好的，没问题，你说什么就是什么。"我满口答应道。

海利安缓慢地眨了眨眼，说："或许你刚才撒谎的时候我闻不出来，但有时候还是很明显的。"她指着我，"你正在想，一回到家就靠（告）诉你爸爸这件事，对不对？"

"不是，我——"

"行了，你就是这么想的。当然了，人类普遍依赖自己的父母。只是，如果你这么做的话，你爸爸就会通知警察，警察就会通知军队，这样我就无法脱身，而菲利普也会配（被）发现，这将造成——"

"等等，谁是菲利普？"

"菲利普就是你们说的人工智能机器人。它现在正在修理我的飞船。它有着强大的力量，若是不幸落入地球人的手中，将会带来毁灭性的灾难……"海利安闭上眼睛，认真地沉思了一会儿，"你们辟（必）须相信我。"

我们什么也没说。

我能信得过她吗？我还有得选吗？

"还有一件事,"她说,"我的棍子,我把它弄丢了。那只狗冲过来咬我的时候,我不小心把它掉在了树林里。我辟(必)须把它拿回来。"

"这个难度有点大。"我说,然后告诉她棍子现在在小杰夫手上。

"明天我们辟(必)须解决这克(个)问题,我不能把它丢在这里。"她的语气出奇的平静,仿佛只是在就事论事。再想想我爸爸,单是弄丢了钥匙都能把他气得骂骂咧咧,砰砰摔门。这件事分明比弄丢钥匙要严重得多,可海利安的声音却没有一点儿起伏。她似乎根本不知道惊慌失措是个什么滋味。

伊基指了指售货台上方的平台,那里摆了一张床:"床在上面,厕所在后面,这里也有饮用水。别乱跑,我们明天早上八点再回到这里。"

海利安一脸茫然地摇了摇头,伊基叹了口气。收银台旁的墙上挂着一个时钟,伊基指着它说:"看,当长针直指上方,短针……噢,算了吧。我们天亮后不久就回来,明白了吗?"

我抓起夹克,一边穿上一边飞奔下山,而伊基则在锁"疯狂米克的疯狂租赁"商店的大前门。

至少她有计划,我心想。

虽然只有一线希望,但一线希望总比毫无希望强。

第四十八章

当我在门厅脱下夹克时,我才意识到上面沾满了海利安的臭味。屋子里静悄悄的,奶奶肯定已经睡着了,爸爸还在观星酒吧里。

门外传来钥匙声,我赶忙把夹克塞进一个塑料袋里,然后飞奔上楼。当爸爸走进我的房间时,我已经穿好睡衣在床上躺着了,而外套也被塞进了床底下。

"伊森?"他边上楼边叫我的名字,我不喜欢他的语气。他走进房间里,坐在我的床边。这通常意味着他准备跟我进行"谈话"了。但现在考虑到塔米的失踪,我想他应该也不会有心情这么做。爸爸仿佛刚刚经历完一场激战,他被悲伤和忧愁打得一败涂地,看上去既疲惫又萎靡。

"你去哪儿了?"爸爸说,"我给你打了好几通电话。"

我又重复了一遍那个真假参半的谎言:我的手机进了点水,没有接到他的电话。但对我的行踪避而不谈。

爸爸点点头,叹了口气,似乎并没有听进去。他转过身来看着我,我从未见过他这般狼狈不堪的模样。他穿着脏兮兮的短袖和牛仔裤,脸上的灰胡茬儿稀稀拉拉的。

不仅如此,他的眼窝还深深凹陷了下去。当他叹息时,一股浓浓的酒精味就朝我吹送过来。(爸爸在工作时除了喝水,通常不喝别的东西。除此之外，他向来都会穿着得体，打好发蜡，刮干净胡子，还会用上妈妈在他生日时送给他的须后水。他曾告诉我："长得高的人很容易吸引旁人的目光，所以必须要在仪表上下点功夫。"）

从"疯狂米克的疯狂租赁"商店回来的路上，我一直在权衡利弊，到底要不要把海利安的事告诉爸爸。

她想严格保密，理由也情有可原。可是，我真的、真的能相信我爸爸吗？哪怕面前的他看上去完全像变了个人？

"这是什么味道？"爸爸嗅着空气问道。

我很想说："这是外星人的味道。"但我没有这个勇气。

"什么味道？"我问。

爸爸又闻了闻，耸耸肩嘀咕道："真奇怪。"说完他深吸了一口气，然后用略微含糊不清的声音和我说：

"伊森，今天发生的事让我很不高兴。伊基在酒吧闹的那一出，孩子，你们到底是怎么想的？别告诉我那全是他的主意，你可是在现场眼睁睁地看着的。他爬上了台球桌，伊森！他……"爸爸及时刹住了自己，因为再这么怒斥下去，只会愈演愈烈，最终一发不可收，"难道我们现在还不够焦头烂额吗？"

他的声音沙哑又低沉，以及……他喝醉了吗？我从来没有见过爸爸酩酊大醉。

我该怎么说呢？

我深呼吸，挪了挪身子，从床上坐起来。

"对不起。"我对他说,"爸爸,真的很对不起。"

他从我的床边滑下去,一屁股坐在地板上,用手扶着额头叹气道:"哦,伊森,哦,我的儿子。"他用鼻子深深吸了一口气,努力遏止住眼泪。

我只想听到爸爸告诉我:"别担心,我们肯定能搞定的。无论如何我们都会找到塔米,然后一切都会恢复正常。要相信你老爸!"说完他会咧嘴一笑,挥起拳头打我的胳膊……

可现在看着爸爸跌坐在地板上,妈妈因为精神崩溃而住院,我想我是不可能听到这些话了。

一切重任都落在了我身上。

爸爸还在含糊自语,我不得不费劲地去听清他的话:"我已经受够这些了,也受够那些了……那个小屁孩竟敢用他的脏鞋踩在我才翻新的台球桌上,啰里啰唆地对前来帮忙的人说一大堆的……废话。我的老天爷,太丢人了!而我的儿子也只管站在一旁,咧着嘴傻笑……"

我并没有笑。

"这是什么大型恶作剧吗?还有……"他停下他的长篇大论,再次闻了闻,"这该死的味道到底是什么?你是不是踩到什么东西了,赶紧去弄干净。"

我强忍着眼里的泪花,深吸一口气,憋了几秒钟,然后一鼓作气地说:"爸爸,如果你现在去'疯狂米克'商店,你就会看到那个叫海利安的外星人就在那里。求你了。"

这下爸爸被彻底激怒了。他东倒西歪地站起来,高大的身影笼罩着我，我不禁往身后的枕头上退了下。

"啊，别说了，孩子，伊森！别说了！我已经受够了，你难道看不出来吗？看看我们！看看我们！"

他转身离开，狠狠摔上卧室的门，整座房子都被震得咔啦啦直响。

我唯一能做的就是躺在昏暗的房间里，耷拉着嘴角，直到一滴泪从眼角滑落。

明明说的是真话，却没有人相信，这种感觉实在是糟糕透了。

我把床底的夹克拿出来，挂在卧室的窗户外，再把窗户打开一条缝。冷气钻进我的房间里，但我毫不在乎。

楼道里传来地板嘎吱作响的声音，房间门缝上的光线变得更亮了。爸爸又要回来大发雷霆了吗？我急忙回到床上，把羽绒被拉到头顶。

"走开。"我说。

"伊森？是我。"

奶奶穿着睡袍站在门口，身后是楼道的灯光。从不生气、爱做热巧克力、身材瘦小又亲切和蔼的奶奶，她是不是也要训斥我一通呢？我转过身去，做好了准备。

但奶奶只是坐在我的床边。她一只手握着我的手，另一只手用纸巾擦干我脸上的泪，然后把纸巾塞回她睡袍的口袋里。

"我认为你没有撒谎。"她说。

我大吃一惊:"你全听到了?"

"是啊。你爸爸承受了很大的压力,乖乖。我们都是如此。但我活了七十多年,终于明白了一个道理:有时候,那些你认为最疯狂的谎言,往往都会是真相。"

"所……所以说,你相信我了?"

奶奶笑盈盈地说:"别忘了,乖乖,我也是双胞胎。"

她说得对,我总是忘了这一点。奶奶有个双胞胎姐姐——黛安姨奶奶,她在我出生前就移民去了澳大利亚。我从来没有见过她。

奶奶说:"如果黛安出了什么事,我就会感觉得到。当我提前三周生下你爸爸时,黛安第二天就给我打了电话,因为她感觉到了临产的阵痛。"

也就是即将分娩的疼痛吗?我困惑地看着奶奶。

"为什么会这样?"

"不知道,乖乖。可能是双胞胎的心灵感应吧。但这种现象不常发生。如果非要解释,我想在我不知道的某个地方,肯定存在着某些关联……就像蝙蝠的吱吱声,平时可能听不见,但偶尔会像老式汽车的收音机一样听到它。所以,如果你说你知道塔米在某个地方活着,那我们就应该去关注这件事。毕竟天知道呢,现在谁都没有任何线索。"

我又重复了一遍之前的问题:"所以你相信我了?关于外星人的事?"

奶奶眯起眼睛，半含着笑容。

"我可没这么说呢，乖乖。但这么告诉你吧：我认为你没有撒谎。"她摘下她的大眼镜，直视着我的眼睛，"你是个好孩子，伊森。我知道你不会故意在这样的事情上撒谎的。"

奶奶的话让我如释重负，我的下唇不住地颤抖。但我不想再哭了，所以当奶奶从我的床上慢慢站起来准备出去时，我松了一口气。

"你爸爸明天要去看你妈妈，要不我们趁此机会把这件事弄个水落石出？"

哈，谁能想到呢？我那瘦小、善良、喜爱热巧克力的奶奶竟帮了我们大忙。

第四十九章

午夜时分,我依然毫无睡意。昨晚我也是一夜未眠,虽然现在疲惫万分,但我还是难以入睡。

此时正发生着什么事呢?

海利安在自行车租赁店里做什么呢?

我该怎样让塔米回家?

直到凌晨五点左右,睡意才朝我袭来。等我醒来时,房间里冷飕飕的,连呼出的气都变成了一团团的云雾,好在臭味已经消散了。

一束奶茶色的光挣扎着穿过玻璃窗,朦朦胧胧地洒进来。我往外看,天空又下起了雪。爸爸正在外面刮掉汽车挡风玻璃上的冰。在停车场远处,山丘的轮廓在一片白茫茫中若隐若现,我还能看到"疯狂米克的疯狂租赁"店的屋顶。我在想,整晚都在想,海利安是如何抵御严寒的。

"啊,你起来啦,太好了!"奶奶站在门口,"今天可是忙碌的一天呢,还记得吧?"

当然记得,我点点头。

还不到八点,我就已经感到困倦了。

几分钟后,爸爸走进厨房,拍了拍被冻得僵硬的手:"哇!

外面冷得像波罗的海一样。"他把手捂在奶奶的脸颊上,奶奶尖叫起来,然后他揉了揉我的头发,说:"你说是不是,孩子?"这是爸爸表达他不再生气的方式,但根据经验,我知道他只是不想再提起伊基或外星飞船的话题。

奶奶递给他一壶茶和一袋三明治。

"手机充好电了吗?"

"充好了,妈妈。"

"带上铲子了吗?"

"带上了,妈妈。"

"不要开进雪堆里,知道了吗?"

"我会尽量避开的,妈妈。"他把一只手搭在我的肩膀上,"你妈妈会好起来的。"说完他就从前门走出去了。

门一关上,奶奶就把另一个煎蛋盛在我的盘子上,然后交叉起手臂。

"你说的外星人,那个家伙在哪里?"

"她是个女的。"我咬了一大口鸡蛋说。

奶奶并不在意这个细节。"那就是你房间里的味道吗?外星人?这让我想起了你爸爸和艾伦叔叔的事,他们曾把一只死青蛙放在房间里长达两个星期——"

"没那么恶心。"我打断了奶奶的话。我发现我已经可以稍微抵御海利安的气味了。

"不过你把夹克挂到窗外后,屋内倒是没那么臭了。"

"你怎么知道的?"

奶奶同情地看了我一眼,就像塔米以前看我那样。真是神奇,奶奶有时候看上去似乎只有她年龄的四分之一那么大。她说:"因为我看到了呀,小聪明。赶紧吃完,我们要出发了。"

第五十章

奶奶并没有和我过多交谈。我从冰箱里拿了一包奶酪（我知道海利安爱吃这个）和一些香蕉，以防她饿了。而奶奶只是看着，显然她相信我知道自己在做什么，她真是太好了。

但也有可能她只是在纵容我，大人常常这么干：让他找点乐子吧，至于他忧愁的小脑袋里装的那些不切实际的幻想，就让他自己去摸索明白吧。上天保佑他，很快他就会醒悟的。

奶奶穿上她平时的装束：厚厚的羊绒里衬跑步裤、双层拉链上衣、大大的运动鞋，以及羊毛袜。她把一顶帽子戴在苍白的短发上，调整好眼镜，然后我们一起步履艰难地穿过深深的积雪，来到山腰的"疯狂米克的疯狂租赁"店。

雪地上有一串脚印通往金属前门，我心头突然一阵紧张。万一……

其实我也不知道会有什么万一，只是地上的脚印让我感到不安。我细细打量着它们。这些脚印不是来自威灵顿靴子，所以不是海利安的。而且不知是什么别的东西在脚印边也留下了一串印迹。

苏西！

我咧嘴笑了，金属门打开了一条缝，一撮乱糟糟的铜色卷发探出来。

"真是姗姗来迟啊。"伊基说。

他又把门打开了一点,当他看到奶奶时脸色顿时沉了下来。

我举起双手为自己辩护道:"没关系,没关系。这是我奶奶。"

"说了等于白说。"伊基说。

屋内却不见海利安的身影。

"……于是,"伊基总结道,"我们就把她带到这儿来了。"

伊基所讲述的故事与我告诉奶奶的如出一辙。奶奶认真地倾听着,留意我和伊基的故事是否一致,以及有无撒谎的迹象。

我们三个——我、把苏西放在腿上的伊基,还有奶奶——坐在"疯狂米克"接待区的座位上。我们之间的桌子上有一个老旧的苹果牌音乐播放器,上面插着一个小扬声器,此时正在播放管弦乐。伊基解释说,海利安正在后面的小浴室里洗澡,我不知道奶奶对这话有几分相信。

在我们讲述故事的过程中,奶奶一直紧紧抿着嘴,专心致志地听着。我们从两晚前的"捕捉梭子鱼"探险,以及和杰夫父子的偶遇开始讲起。说到杰夫父子时,奶奶摇了摇头,拉长了脸。

"我向来不喜欢他们俩,尤其是年长那个。"

"你认识他们吗?"我惊讶地问。

"乖乖,你忘了我是在这一带长大的吗?老杰夫·麦凯娶了我伴娘的女儿莫琳。他可真是个不得了的坏家伙。"

这时我们身后的浴室门打开了,一团巨大的蒸汽飘了出来。在蒸汽中出现了一个身影,她穿着牛仔裤,裤脚塞进靴子里,身上套着一件彩色条纹厚毛衣,用奶奶的话形容就是"花里胡哨"的,头上还戴着一顶羊毛帽。仿佛事先安排好了一样,音乐一下子演奏到了高潮部分。伊基露出了一丝得意扬扬的微笑,好像他等待已久的戏剧性一刻终于上演了。

海利安羞涩地走过来,站在我们面前,嗅了嗅空气。有几缕湿漉漉的头发从她的羊毛帽底下钻出来。我看不到她的尾巴,但她牛仔裤后面有点鼓起,我猜她应该是把尾巴塞进去了。她眯起眼睛看看奶奶,然后用责备的目光瞪向我。

奶奶倒吸了一口气,惊讶地把手放到嘴边,小声地说:"噢,我的姑奶奶呀!"

"这是我奶奶。"我说,"我……我爸爸的妈妈。"

奶奶往前走了一步,海利安往后退了一步。

"没事的,你可以相信她。"我转向奶奶,"对吧?"

"没错,亲爱的。"奶奶对海利安说,"你可以相信我。我想帮忙把塔米找回来。"

海利安看了奶奶良久,然后对我说:"你靠(告)诉了别人。"即使她的声音吱吱作响又毫无感情,但我还是能看出她的不安和害怕。

"这是我奶奶克莉丝汀,我们可以完全信赖她。"

"我怎么知道她值得信赖?"

"因为……因为她是我奶奶,海利安!"这话连我自己都觉得牵强,但情急之下我顾不上多想了,"奶奶都是完全值得信赖的,这是不成文的规定。"

奶奶接下来说了一句我听过的"最奶奶"的话:"我喜欢你这身衣裳,乖乖,颜色真好看。"

海利安低头看了看她的毛衣,有点迷惑不解。

伊基皱起了眉头,他看着海利安的脸问:"你是不是把毛给剃了?"

海利安用她长长的手抚摸着脸颊说:"我在浴室找到一克(个)工具,可以有效去除我脸上的一些毛。我觉得这样做挺有用的,可以让我显得没那么与众不同。"

地板上有几包空的奶酪泡芙,说明她还是吃了一些东西的。我把口袋里的奶酪块递给她,她用牙齿撕开包装,大口咬了下去,还张着大嘴咀嚼。换作是我,奶奶早就评论一番了,但她现在什么也没说。

她站起身来,挺直肩膀,视线穿过眼镜上方审视着海利安。奶奶虽然个子不高,但当她用深色的眼睛直盯着你时,还是相当有威慑力的。这么多年来,这样的眼神无数次落在我和塔米身上,仿佛在告诫我们:我不喜欢听废话,你们最好别糊弄我。

她说:"伊森告诉我,你知道塔米在哪里,这位年轻的,呃……"她顿了顿,然后选定了,"年轻的女士。"

"是的。"海利安在应答的同时,嘴里喷出一小块奶酪。她大口吞咽下去,用她长长的舌头舔舐她的牙齿。奶奶并没有退缩。海利安接着说:"但我们没有太多时间了。"当她说"太多"这个词时,又喷出了更多的奶酪,有一小块落在了奶奶的眼镜上。

在我们思考期间,山下不远处传来了发动机嗒嗒响的噪声。几秒钟后,前门猛然打开,光亮照出门外来者的轮廓,是杰夫父子。

第五十一章

在敞开的门外,我可以看到杰夫父子那辆嗒嗒响的破旧汽车。

我们几个人围坐在桌边,杰夫父子朝我们大步走来。小杰夫身上还带着那把枪,但被他敞开的外套遮住了大部分。大老远老杰夫就开口说话了,他一边直愣愣地看着我们,一边难以置信地摇着头。

"噢,我的天哪。噢,我的老天爷,我的神啊。滚开!"苏西在他脚边拍打着翅膀,用嘴啄他的脚踝,他一脚把它踢开。但好在他的脚法太差了,苏西跳到一旁躲开了,但立即又回来啄了一口,看上去活脱脱像只愤怒的小猎犬。

我们还是坐在原位上,小杰夫看到了奶奶,他哼了一声。

"噢,爸爸!"小杰夫说,"看看谁来了!他们找了个小老太太来帮忙!"

老杰夫把视线从海利安身上挪开,瞟了一眼奶奶,说:"看到了。你好啊,克莉丝汀。这个世界真小呀,你说是不?"

杰夫父子一起放声大笑,嘲笑声听着令人害怕。

奶奶默不作声,只是盯着他们俩。苏西仍在怨愤地咯咯叫,不停地啄他们的腿。

一直站着的海利安悄悄走开。以她敏捷的身手,她完全可以冲出去。可她一动，小杰夫就把他的外套撩到一旁，露出一把长长的、闪亮的农夫猎枪。他把猎枪举起来，懒洋洋地对准海利安。

奶奶轻蔑地低吼了一声。

"哈！这就是你爸爸从他岳父那里偷来的那把古董猎枪吗？他可是一直都知道是谁拿走了它呢。"

小杰夫开始忐忑不安，他的目光在奶奶、海利安和他爸爸之间来回跳跃。奶奶咂了一下嘴，没有往下说了。

"只要你们给我安静点，"老杰夫说，"我们是不会让你们难堪的。把外星人交出来，然后大家相安无事。否则……"他故意没有把威胁说完，但这听上去一点儿也不吓人。

这时奶奶站了起来，径直走到他们面前，对猎枪毫不畏惧："否则什么？你要杀了她？我猜你可没这个胆量。"她灼热而盛怒的目光从她的羊毛帽下方直射向他们，"你……"她指着老杰夫，上下打量着他，"你就是个恶棍，从头到尾都是。至于你，拿着玩具枪的小杰弗里，你就是个可怜虫。你们俩一心想追逐某些虚无的认可和名声，全然不顾他人的感受。"

杰夫父子看看奶奶，又看看彼此，脸上慢慢咧开微笑，继而肆意大笑起来。

他们笑得越来越狂妄，苏西也越来越焦躁。老杰夫笑弯了腰，待他再次直起身时，我才发现他抓住了苏西，正紧紧掐着它的喉咙。笑声戛然而止，就像被按下了开关一样。苏西扑腾着翅膀以示抗议。

可怜的伊基一个箭步向前,但被小杰夫抢先了一步,挡在了伊基和鸡之间。

老杰夫询问他儿子:"杰弗里,你买了我们周日的午餐了吗?"

"没买,爸爸。你是不是跟我想到一块儿去啦?"

"正是如此,儿子。这只鸡的大小刚好够我们填饱肚子。"说着,老杰夫把苏西拎起来,塞进腋下,然后紧紧掐住它的脖子,"你们瞧,我只需要轻轻扭一下这里……"他假装要拧断苏西的脖子。

"不要啊!"海利安大喊一声,往前走了一步。

老杰夫并没有放开苏西,他只是松开了死死勒住苏西脖子的手。苏西摇摇脑袋以示不满。

"哟!你敢相信吗?它竟然说话了!好家伙,难不成你是高级智慧外星人?"老杰夫说,"死一只动物你还嫌不够吗?还是说你也想亲手宰了这只?不管你想怎么做,我都不会觉得稀奇。你还会说英语?这可真是越来越有意思啦。一定要告诉他们这一点,儿子。"

小杰夫正在打电话,我们都在听着他说话。

"我们找到它了,杰米。我说,我们找到它了……嗯,就在这里……照片?嗯,我给你发几张过去……嗯,还有那根我之前提到的黑色棍子也一起发给你……你还要多久?……我说,你还要……"小杰夫停下来,怒视着他的手机,然后甩了甩它,仿佛这么做可以增强信号似的。最后他只好咂咂嘴,把手机放了回去。

他告诉他爸爸:"他们已经在来的路上了。不知道要多久,说是取决于路况。总之听不太清楚。"

"谁在来的路上?"奶奶魄力十足地问。

"哦,你好啊,克莉丝汀。"老杰夫说,"我都忘了你在这儿啦。你觉得这里还有谁对外星人最感兴趣?会不会是记者,比如杰米·贝茨,那个在电视上吹得天花乱坠的白痴?或者是军方的人?还是说,噢……两者都是?嗯,没错,媒体和皇家空军都在路上啦。杰弗里,在这里看好他们,我去开车。"他穿过双扇门离开了,苏西仍然被他夹在胳膊下。

小杰夫的枪口指着海利安。他绕到海利安身后,头朝门口方向摆了摆,说:"来吧,外星人,走几步。"

我受够了,大喊道:"住手!"他停下来,慢吞吞地东张西望。

"求求你了!"我接着说,"这事关塔米。你难道看不出来吗?她知道塔米在哪里!你们会把一切都毁了!"

小杰夫低头瞥了眼地面。有那么一会儿,我觉得我的恳求起效了。他肯定不会无视这一点吧?

他开始轻声说话,我不得不努力去听清:"别担心,小朋友。半个小时就可以结束这一切了。"他露出一个病态的笑容,"待我们解决完她的事之后,你就可以带她回去找你的姐姐啦。这样一来,大家都是赢家,是不?拜拜啦!"

几秒钟后,外面响起了破旧发动机低哑的嗒嗒声。在小杰夫枪口的威胁下,海利安跟着他走出了"疯狂米克"商店,钻进了车里。

他回过头来,再次露出那副阴森森的笑脸:"这真是太有趣了,不是吗?"

他用力关上车门,汽车轰鸣着离开了。

过了很久很久,没有人能说出一句话来。

第五十二章

我们三个——我、伊基和奶奶——眼睁睁地看着载着海利安和苏西的汽车开走,任由雪花从车尾喷溅出来,我们只能静静地站在彼此身边。

我看到伊基的嘴唇在动,但听不清他在说什么。我想他可能在一遍又一遍地念叨着"苏西"。

"他们住在哪儿?"奶奶打破了沉默,问道,"他们还是住在去往天文台路上的那个破地方吗?"

我难过地点点头,视线停留在了渐行渐远的轮胎痕迹上。

"是吗?那我大概知道了。好了,来吧,我们走。"奶奶下意识地拍了拍手。

"去做什么?"我说。

我像个泄了气的皮球。和两个拿着猎枪的疯子对着干,我们能有几分胜算呢?眼看着皇家空军和记者就要赶来了,很快局势就不再受我们控制了。

奶奶转头看着我和伊基,她的视线越过眼镜的边缘,紧紧锁在我和伊基身上:"告诉我,伊森·泰特……"

这是我的全名,大事不妙了。

"还有你,伊……伊格……不管你叫什么。"

"伊格内修斯·福克斯－坦普尔顿。"

"好的，就它了。你们为什么要把我牵扯进来？"

我鼓起腮帮子，思考着说："我想我们需要一个成年人。"

"好吧，那你们面前就站着一个了。我人虽老，可不是老糊涂。不管塔米身在何处，只要那两个龌龊的恶棍胆敢妨碍我孙女回来，我这枯瘦的背脊就绝不会躺得安稳。"

"可是奶奶，他们有枪呀！"我说。

"什么？就那个破玩意儿？"奶奶不以为然地挥了挥手，"它连扇谷仓门都打不开。绝对不可能。你看到它的枪管了吗？全都锈啦。我敢说他这辈子都没用它开过枪。杰夫·麦凯只会满嘴跑火车，他儿子跟他一副德性。"

我仔细琢磨着奶奶的话，然后看看伊基，又看看奶奶。

"好吧，如果你这么确定的话……"我说。

奶奶板起脸，露出坚定的神情："哈利路亚！现在只剩下一个问题了，乖乖。如果我的汽车还能跑的话，我们可以把它开上。"

伊基的注意力已经飘远了。他盯着排成一行的赛格威电动平衡车，它们整齐有序，还充满了电。

"你知道吗？我认为米克不会介意的……"他说。

没一会儿，奶奶、伊基和我就开始往山下进发，我们每个人都分别站到一辆"疯狂米克"的平衡车上。

赛格威有着超厚的轮胎，这是为基尔德附近的森林步道量身打造的。有了它，在雪地上行驶简直易如反掌。伊基以前驾驶过它，他很快就开出去了。奶奶和我就比较小心谨慎，但很快我们也掌握了窍门。

小镇的街道上空无一人，大雪让人们都躲在家里。道路平滑洁白，只有杰夫家汽车的轮胎痕迹。

从镇上到杰夫家并不算很远：过了横跨在小溪上的桥，再从道路转弯处拐入一条小路。由于路况不好，我们行驶得比较缓慢，但我们已经是全速前进了。（轻松达到疯狂蹬自行车的速度。）

在道路转弯处洁白的雪地上，奶奶发现了鲜红的血迹。她尖声喊道："伊森！伊格利！快看！"

我们缓缓停下平衡车，朝奶奶指的方向看去。一摊鲜血染红了雪地，还有一些轮胎刚刚轧过的印迹，看上去很像杰夫家的车留下的，但我也没有十足的把握……

奶奶走下平衡车，她皱着眉头，全神贯注地凝视着地面说："不知道是什么在流血，但好像突然就停了。这简直没道理啊。"

我感到害怕极了，喉咙也绷得紧紧的。万一海利安死了怎么办？

伊基说："她说得没错，伊森。你看！除了这一摊血，周围就没有血迹了，只有一些脚印。流血的那个东西突然就不见了。"

"也许被装上车了。也许——"

我被奶奶的尖叫声打断了。她就在几米之外，手里拿着一只破烂的威灵顿靴子,正是海利安脚上穿的那只。

伊基早已站上平衡车,沿着道路继续前行了。

"我们可以跟着雪地上的轮胎印走,"他朝我们喊回来,"快来!"

我们并没有走多久,过了转弯处后,轮胎印就拐进了一条狭窄的小路,通往杰夫家那座脏乱不堪的小屋。

我们驾驶着平衡车,沿着小路往前开了一点,直到我们能透过树木看到他们的小屋,然后在一堵矮墙后面停下来。他们的车就停在小屋前,小杰夫正站在一个棚子外面,一边抽烟一边冷得直跺脚。他掏出手机打电话,同时把那支长长的猎枪竖起来,靠在一张塑料花园桌子上。

"这么冷的天,他还站在棚子外面,原因只有一个。"伊基压低声音说,"那就是他在看守什么东西。嘘,快蹲下来。"

我们三个人蹲在白雪覆盖的墙后面偷偷观察。前门打开了,老杰夫拿着水桶和海绵走出来。他解锁了汽车,车灯闪了一下,发出哗的一声。他打开后门,拿着海绵俯身进去,然后再钻出车外,把海绵里粉红色的水挤进桶里。清理完血迹后,他站起来,关上车门,汽车又发出哗哗两声。

"这是我两天内第二次洗这辆车的车厢了,差点儿没把我臭死。早知道让你去洗了。"

这两个人离我们只有大约十米远,我们可以清楚听到他们的谈话内容。我决定铤而走险,探头出来偷偷瞄一眼。

小杰夫并没有理会他爸爸,而是盯着手机说:"如果道路通畅的话,他估计还有半个小时就到了。警方也准备从诺威塔发射信号。一旦他们看到它,就会通知布尔梅的皇家空军。"

"他收到照片了吗?"

"还在发送中,上面显示还剩九分钟。这里的信号太差了。"

"你到底拍了些什么?"

"就你说的那些:特写、全身照,还有一段视频。文件太大了,要花点时间。"

"好孩子。把手机留在这里吧,这里信号更强一点。"

小杰夫把他的手机放在花园桌子上,桌面的积雪已经被清理过了,然后他跟着他爸爸进了屋里。

伊基往下拉了拉他的帽子:"听到他的话了吗?九分钟后,那些照片就会被发送出去了。不过我有个好点子。"奶奶和我向前倾了倾身子。

这是个绝顶聪明的计划,但需要相当大的勇气,我不确定自己是否拥有,更别提我奶奶了。

伊基从墙上伸出一点点脑袋,再次瞄了一眼。

"他们已经进去了。准备好了吗?"他问。

"没有。"我回答。

而此时奶奶把戴着手套的手握成拳头,狠狠打到另一只手上,说:"好嘞!"

看样子她乐在其中,她真的非常乐在其中。

第五十三章
海利安

我头上的疼痛越来越严重,我感到自己变得越来越虚弱,呼吸也愈发沉重。我不仅手很疼,脉搏也很微弱。我已经好几天没吃饱了,吃进去的东西全都吐在了关押我的汽车后座上,气得那个年长的人直嚷嚷:"噢,你这个肮脏的外星小无赖,噢,太恶心啦!噢,我的天哪,杰夫,赶紧开窗!"

我想奶酪跟我的胃可能合不来吧。

我的呕吐让车里陷入了一片混乱。这时我发现我的黑色治疗棍正躺在车内的地板上,我趁着意识清醒把它捡起来,塞进了我的一只长靴里。

他们把我关进了一个户外的房间里,伊基喜欢的那只鸡现在就在我身边,我把它抱起来,感受它的温暖。我想它很喜欢这样,它喉咙里发出咯咯咯的声音,我猜它在表达快乐或满足。

我流了不少血。我伸手摸了摸我的头,血已经结成痂了,看来用了治疗棍之后还是有点帮助的。但治疗棍的能量在不断减弱,效果已经没那么好了。在来的路上我丢了一只靴子,直到来到这里,趁没人注意的时候,我才敢用治疗棍,但我已经失血过多了。

我找了些旧棉布,坐在上面,把头靠在棚屋的木墙上,回想着我能记得的最后的那些瞬间。

我坐在他们的汽车后座上,那个年长的男人用他的手和脚驾驶汽车。车子在有积雪的路上打滑了,他连连骂了两句"该死的冰"。(或许他从来没有开过车吧,总之他看上去不是非常熟练。)

年轻点的男人拿着长长的猎枪,时不时地用枪口对准我。

突然间,我毫无预兆地吐了。带着块状物的白色液体一下子涌出来,溅得整个车厢后部到处都是。那两个男人开始大声咒骂起来。

汽车在积雪覆盖的道路上滑行了一会儿,停了下来。年长的男人说了句话,我没有听明白,随后那个年轻人下了车。当他打开车门时,我心想机会来了。于是我从前面的座位上跳了过去,试图逃跑。

但我太虚弱了,一不小心绊了一跤,从车子里跌出来,掉进了一堆厚厚的雪里。

"竟敢逃跑?"那个年轻人说。他骂我是"混蛋小毛球",然后用他的大靴子狠狠地踩在我的手上。

在我昏迷前,我看到的最后一个画面是,他长枪的木制枪托冲着我的头挥过来。

在我们的星球上,我们会以清晰的洞察力,并根据现有的事实来评估我们的生存状况。我们不会根据一些凭空想象的解释进行评估，哪怕这些解释是真实的、正确的或合理的。

换句话说，我不害怕死亡。但我害怕我死了之后，会给地球招致巨大的灾难。人类是相当原始的一个物种，动不动就发起战争。如果没来得及摧毁飞船我就死了，即使人类发现了飞船，也根本应付不了其中的高端技术。

我蜷缩在棚子里，浑身发抖，头疼欲裂，脑海里一个劲儿地思考着这些事。外面传来奇怪的噪声，咿喔，咿喔，咿喔。

我听到脚步声朝噪声的方向移动，应该是其中一个捕捉我的人走过去了，我看不到是哪个。

"爸爸，是汽车警报器在响吗？它怎么启动啦？"

"喂！"

"是那个红头发的小鬼！你这个小坏蛋！过来！"

几秒钟后，门闩被拉开的声音传来，我在棚子里面缩成一团。但出乎意料的是，进来的不是那两个男人，而是那个名叫奶奶的老妇人。我不擅长阅读人类脸上的表情，但我猜她的神情应该是害怕。她的眼睛滴溜溜地左看右看。

"快，把你的毛衣和帽子脱下来给我。"她说着，把自己的厚外套也脱了下来。几秒钟交换就完成了。奶奶说："你先待在这里，等岸上没人时，抱上苏西沿着湖边小路走到船库。"

"哪个岸上？"我不得不问道，"等哪个岸上没人？"

奶奶不耐烦地说："我的意思是'趁没有人发现的时候'。"

那你为什么不直说呢？我默默地想，但看在她好心帮我的分儿上，我没有说出来，而且她也匆匆离开了。她穿着我的条纹毛衣，戴着我的帽子，跑步穿过院子，然后踏上小路。她虽然年老了，但动作却敏捷得像一个年轻人。

其中一个男人大喊："它在那里！它逃跑啦！快，儿子，赶紧去追！我开车跟上！"

没多久，他们的车就轰鸣着驶出了小路。两个男孩从屋子的拐弯处露出脸来，他们咧嘴大笑着朝我跑来。伊基跪在地上抱起苏西，苏西看到他后高兴地拍着翅膀，又蹦又跳。他笑着对我说："好啦，你还等什么呢？来吧，我们走！"

我跟着他们走到湖边的小路。到达之后我们停下来，两个男孩开始开怀大笑，伊基仍然抱着他的鸡。

"他们永远都追不上她的！"

"我奶奶可是诺森伯兰郡半程马拉松冠军退役选手！"伊森哈哈大笑，"用她的话说：'我才不怕什么幼稚的玩具枪呢！'"

"你真应该看看他的脸！十足的蠢样！"他们继续笑个不停。

"那他的枪呢？"我问。

伊基把手伸进他的夹克口袋，掏出两个小圆柱。

"为了安全起见，我在启动汽车警报之前把子弹取出来了，以防伊森奶奶判断失误。现在他的枪彻底没用啦！"

他们对自己的欺骗行为非常满意，笑得合不拢嘴。他们的策略确实巧妙机智，出其不意。我感到我的嘴角在上扬，肚子里突然有一阵奇妙的紧缩感，随后我发出"哈"的一声喘息，紧接着又是两声"哈哈"。

两个男孩愣住了,他们呆呆地看着我。

伊基说:"海利安,你刚才笑了吗?"

这种感觉又来了。"哈,哈哈!"我嘴巴张得大大的,肚子里还在不住地打抽抽。我并不打算停下来,因为这种感觉实在是太美妙了。苏西也跟着我发出了咯咯咯的叫声。于是我们四个同时爆发出"哈哈哈""咯咯咯"的笑声。我们笑得弯腰捧腹,上气不接下气,也不知道过了多久,我们最后不得不停下来,因为我笑得差点儿又要吐出来了。

第五十四章
伊森

这真是太有意思了,和伊基和海利安一起开怀大笑,甚至连苏西也加入进来,但我仍然放心不下奶奶。

小杰夫是个大块头,抽起烟来吞云吐雾的样子像极了我们校车尾部的排气管。但再怎么说,奶奶也有七十多岁了。我见过她跑步的样子:迈着小碎步,略显吃力地往前奔。她能跑得快吗?我也说不准。

老杰夫开车一路追逐她。但从路况来看,他不会开得太快。况且,奶奶说她会一直沿着森林步道跑的。

我想海利安根本不明白。她的身体状况有点欠佳。她目光呆滞,双腿时不时打战。随后她哇的一声吐了出来,那股味道让我的肠胃又开始了新一轮的抽搐。

"我……我需要食物,真正的食物,我的食物。"她说,"而且我也要休息。我……"

伊基的喊声打断了我的注意力:"噢,天哪,不!"

伊基一脸惊恐地看着手机:"不,不,不……"他用手指用力地又戳又按,"手机没有关机。"

这不是他的手机,而是小杰夫的。在我们偷偷摸摸靠近汽车触发警报的时候,伊基趁机从花园的桌子上拿走了它。他把手机关掉，塞进口袋里。

或者说……手机并没有关掉。

"关机需要密码，或指纹，或别的可以关闭电源的东西。"恐慌和恼怒让伊基的嗓门越来越大，"到底什么人才会这么设置？"

"它还在发送中吗？"

"是啊，还剩两分钟。"伊基还在猛戳手机。

两分钟后，杰夫那位记者朋友的收件箱里就会收到外星人的照片和视频证据。

"把它砸了。"我说。

这部手机不仅高端，还价格不菲，但伊基还是毫不犹豫地把它狠狠摔到地上。手机只是在雪地上弹了一下，依然完好无损。伊基又用力跺了几脚，但他的橡胶鞋底对它完全没有杀伤力，手机屏幕仍在发光。伊基一边怒喊着"关机，快关机！"一边反复踩踏着它。

我看到进度条又往前跳了一格。

只剩下不到一分钟了。

海利安趁我们不留神，转身回到关押她的棚子里。几秒钟后她抓着一把巨大的斧头冲了出来。

"后退！"她说着，把斧头举过头顶，朝屏幕咔嚓一声砍下来，屏幕碎裂了。她接着又砍了一下，再一下，直到手机散成了上百块碎片。

我们默默地围着七零八碎的手机站在一起，就像站在墓边的哀悼者。

"干得好，海利安。"我最后说道，同时举起手想跟她击掌。

不料她双腿一软，跪在地上，脸朝下栽进斧头边的雪地里，不声不响地晕了过去。

"不要啊！"我说，"不要死！你还要把塔米救回来呢！"

"她没死，伊森。她还在呼吸呢，你看。我们得找人帮忙才行。还有谁可以——"

我打断了他的话。

"没有谁了！你还不明白吗？"我大喊道，"没有人能帮我们了！不管我们找谁，他们要么会抓住她，要么会通知军队或警察……或联邦调查局，或任何应对外星人登陆的人。如果发展到这一步，拯救塔米的计划就玩儿完了！"

我们把海利安翻过来，让她脸朝上。这是我第一次触摸她，感觉陌生又亲切。她毛茸茸的皮肤松松垮垮，摸上去冰冰凉凉的。这时她的眼睛忽闪着睁开了。

"带……带我到飞船上。"她嘶哑着嗓子说，"扶我阔（过）去，我会没事的。"

于是我们俩笨手笨脚地把她支起来，让她坐着，然后把她的手搭在伊基的肩膀上，使劲扶她站起来。伊基的脸紧贴着海利安的脸，他把脸别过去，他被她的气味熏得撇嘴皱眉。我们就这样扶着海利安，磕磕绊绊地朝通往船库的小路走去。

几分钟后，伊基把她放下来。她一只脚蹬着威灵顿靴子，一只手扶着船库破裂的木墙，支撑着自己。她气喘连连，再次跪倒在地上。附近的那艘橙色小独木舟不知道去哪儿了。

"加油，海利安。"伊基鼓励她，"很快就到了。我们只需要把你从窗户弄进去。"

我们抬头看了看窗户。如果没有人帮忙，海利安是不可能从窗户进去的。然而，即使伊基和我使劲把她抬起来了，她也没有力气在另一边安全落地。我看着面前固定双扇门的金属门闩和挂锁。要是……

"船桨！"我惊呼道，没等他们回答，我就匆匆离开了，"在这里等我！"

要回到码头，就必须沿着小路，穿过刚才经过的灌木丛回到主道上，再经过几辆停在那儿的汽车，最后往下走到小卵石滩。我满脑子想着我的计划，一开始并没有注意到有一艘船停在码头。

但很快我就看到了一艘长长的硬式充气艇，侧边写着诺森伯兰郡警察。我停在栈桥尽头，跑得气喘吁吁的。我回想起停在道路边的汽车，其中一辆侧面写有字，我一开始没有留意是什么，但此刻仔细一想，上面写的是"布尔梅皇家空军"，还有一个徽章的图案。我倒吸了一口气。

住这里的人都听过布尔梅皇家空军的大名。我站在岩石遍布的湖岸，关于皇家空军的回忆如潮水般翻涌上脑海。凯蒂·佩林的爸爸是一名飞行员，他曾在小学开过一次讲座。"它拥有世界上最大的雷达中心之一，"他曾说，"任何通过的东西都能被探测到。"

直觉告诉我，皇家空军在那里是因为海利安。恐惧感一下子从我的胃冲上我的喉咙，让我直犯恶心。我见过这艘船：警方潜水员在搜寻塔米时用的正是这艘船。

船上有两个警察，另外有三个身穿蓝色空军制服的人正在栈桥上穿救生衣。

船桨就在我们先前搁置它的地方——栈桥靠近河滩那一端。我打算掉头，沿着树林的小路往回走。我猜他们没有发现我……

哦，不。其中一个警察抬起头，和我四目相对。我认出他是搜寻塔米队伍中的一员，好像叫卡里姆警察。他对我挺好的，有一次还给了我一颗薄荷糖。他向他的搭档示意，搭档也看向我。如果我继续往回走，就会显得非常可疑，哪怕我并没有干什么坏事……

他们肯定认出我是塔米的弟弟了。

我心一横，决定蒙混过关，就径直朝船桨走去，仿佛这是世界上最正常不过的一件事。当然，这也确实是一件很正常的事。但当你试图表现得正常时，反而一切都显得很不正常。

我弯腰捡起船桨，他们齐刷刷地朝我看来。

"我只是来拿，这个，我的船桨。"我的声音太小了，完全传不进他们的耳朵里。（更像是为了消除我自己的顾虑而说的。）

现在船桨已经拿到手了，我转身往回走，拼命祈祷着栈桥上的人别叫我。

他们没有出声。我走了好几步，心想应该没事了，谁知……

"嘿！伊森？等等！"

第五十五章

我停下脚步，抬头一看，一个穿着皇家空军制服的大个子女人正缓缓朝我逼近。我的脑海里一下子闪过无数念头，但无论我怎么想，都得出同一个结论：

他们来这里不是因为塔米，而是因为海利安。

不然皇家空军为什么会参与进来？要知道这个军事机构主要负责的是搜索天空，看有没有未经批准的飞行器闯入我们的领空。（我可是浏览了不少关于UFO的网站，上面都是这么描述的。）

不然他们为什么会在这里？为什么会出现在海利安着陆的地方？出现在杰夫父子目睹水花和海利安的地方？

那个女人仍然朝我走来。我转身拔腿就跑。

我听到她喊："嘿！停下来！"还有木板上咚咚咚的脚步声，其他人也加入进来。但我没有回头看，而是把独木舟的桨当作武器，劈开挡路的灌木丛。我嗖嗖地挥舞着船桨，唰唰地把树枝砍下，然后跳着穿过树丛，枝叶上的积雪大团大团地在我身后落下。后面的脚步声渐渐变远，我想我应该摆脱他们了。

我跑回道路上，经过他们的车，但我没有停下脚步，而是转个弯沿着小路往船库跑。他们会不会看到我？我也不知道。我一刻也不敢停下来，我也无法停下来，船屋就近在眼前，我能看到伊基和海利安，还有他们脚边的苏西。

我跑到他们面前，还没开口他们就看出事情不妙了。他们站在一旁，我把船桨平头那端塞到挂锁的钢铰链底下，用尽全身力气往下压。突然一声脆响，我感到金属与木头分开了，再用力一撬，挂锁噼啪一声弹开了。

我们争分夺秒地进到船屋里。海利安靠在伊基身上，瘦长的手臂搭在伊基的肩膀上支撑自己。我们关上身后的门，然后倚在门上，尽可能小声地喘气。我把一根手指放在嘴唇前，仔细听小路上有没有传来脚步声，然后拉上门闩，把门锁上。但门闩已经生锈了，螺丝也有点松动，再多推几下它就撑不住了。

我们面前的船库看起来空荡荡的，只有一潭长方形的湖水通往水库。这种感觉太奇妙了，我明知道海利安的飞船就在这里，却什么也看不见。我在走道上俯身向前，把手伸进水里，舀了一些水到手上，然后朝我认为的飞船所在处泼去。果不其然，水珠就像落在玻璃上一样流淌下来。它肯定就在这里。它所在的位置水面有点凹陷，但除非仔细看，否则是不会注意到的。一旦你注意到了异常，就会发现它有点奇特。水面的小小涟漪在撞上这个隐形障碍时就停了下来，平滑的水面上呈现出一个浅浅的 V 形。

海利安用她所剩无几的力气喊道："菲利普！菲利普！我回来了！"

这时外面传来一个女人的声音。

"哎哟！莫里森下士，把那只鸡抓起来！"

随后是苏西的尖叫声。

"滚开!哎呀,真是只凶猛好斗的小……烦人精,女士!喂!哎哟,滚开!"

伊基惊恐地看着我,他怎么会忘了把苏西抱进来了呢?但我转念一想,这说不定是件好事:苏西正在为我们争取宝贵的时间。

我发出一声惊呼。之前水面上什么都没有,现在却出现了一个巨大的东西:灰黑色,没有反光,模糊的轮廓让我们以为是在看一部失焦的电影。

想象一下,一块用锡箔纸包裹的三角形奶酪,只不过要大上几百倍,有一辆房车或货车那么大。再想象一下,这块三角形奶酪顶上放着半颗麦丽素巧克力豆,同样大了几百倍。

这就是海利安的太空飞船——一个巨大的楔形,上面有一个大圆顶,边缘模糊不清。我可以一连几个小时目不转睛地盯着它,困惑不已又连连称奇。但此时船库外的声音越来越嘈杂了。

"他在里面。啊呀,史密西,那只鸡不想让你过去!"

加油,苏西!我心想。

飞船的一侧滑开了,海利安虚弱无力地走进去,转身示意我们跟上。伊基跟在她身后,径直走进了这艘楔形飞船。

双扇门的门闩发出嘎吱声,有人试图从外面把它撞开。我飞快地沿着走道跑到飞船旁,迅速钻了进去。就在这时,我下方的灰色轮廓渐渐消失了,飞船再次隐匿了起来。

我头顶上方的舱门半开着,舱内就像基尔德的冬夜一样昏天暗地。

"别出声,"海利安沙哑地说,"什么都别说。"她用自己的语言说了几句话,我们面前的部分圆顶清晰地向我们展示出船库的门。

我们听到一个男人的声音在喊:"让开!我要踢开这扇门。"

是小杰夫,他似乎有踢门的不良嗜好。

我们静静地看着,门闩猛然发出响亮的破裂声,双扇门一下被踹开了。

第五十六章

皇家空军的大个子女人和她的同伴穿过双扇门,站在门口,怔怔地盯着面前的飞船。显然,他们什么都看不见,因为他们并没有流露出任何惊讶的表情。

还好我们隐形了,我心想。

小杰夫跟在他们屁股后面,他的猎枪已经举到了齐腰的位置。在他身旁的是一张我在电视上见过的脸:新闻记者杰米·贝茨。谢天谢地,他们都没有往水面看,否则他们就会注意到水面上的凹痕了。

圆顶内的光线足以让我看清身边的海利安在做什么。她不知从哪里拿来了一支铅笔大小的东西,往手掌上刺了一下。曾经在学校有学生对坚果过敏,继而长满了疹子,我看见老师用肾上腺素注射器给那孩子打了一针,海利安此时的行为和当时老师的完全一样。海利安使劲眨眨眼,然后看向我,心满意足地点点头。

苏西从船库门口的那一撮人中挤进来,一边拍打着翅膀,一边咯咯叫个不停,还不忘啄那个女人的脚。

"噢,看在老天的分儿上!那只鸡!把它赶出去!"来自皇家空军的女人瞄准苏西,恶狠狠地踢了一脚。苏西一跃而起,从空中匆匆划过,再落回到走道上。它重振旗鼓,展开翅膀准备再次进攻。

哦，不。我想，不，不，不。走另一边，另一边！

但它没有。为了避开那个女人的靴子，在慌张之下苏西扑棱着翅膀飞过水面，正好落在了我们头顶的飞船上。

而这艘隐形飞船让苏西看上去像是飘浮在半空中。

"哦，不会吧！完了完了。"我身旁的伊基说。

"搞什么？"杰米·贝茨倒吸一口气，直指着苏西。

有几秒钟苏西一动不动，然后它从半开的舱门飞进来，落到我们身边。对于在船库走道上的人来说，这看上去就像一只鸡飘浮在空中，然后就……消失了。我头顶上方的舱门开始吱吱地关闭，舱内更黑了。

"你们看到了吗？刚才究竟是怎么……？"那个女人一时语塞了。

他们依然直勾勾地盯着空荡荡的船库，然后低头看了看水面。杰夫蹲下来，做了和我刚才同样的事：捧起一捧水，洒向这艘隐形飞船。

他直起身来，把猎枪架在肩上。

来自皇家空军的女人被吓一跳，她说："先生？你在干什么？"

小杰夫没有回答，而是大喊："把她交出来！马上把她交出来！军队和警察都在这儿呢。"

"还有媒体！"杰米·贝茨多此一举地大叫道。

那个女人喝了一声："停下！住手！把枪放下。这是命令。"

"不放又怎么样？"杰夫冷笑道。

"我们辟（必）须赶紧离开。"海利安说，"这里太危险了。"

随后她用自己的语言念叨了几句,飞船开始启动了。

它先是发出嗡嗡嗡的噪声。在舱内听起来比我第一次听到的声音更大,音调也越来越高。皇家空军的人面面相觑,然后环视船库寻找声音的来源。最后他们低头看了看水面,这艘隐形飞船正在移动,水面的凹痕开始向后移动。

杰夫扣动猎枪的扳机,却只听见咔嗒一声。他满脸狐疑地拆开猎枪一看,两个枪膛空空如也,里面的子弹不翼而飞了。这么说来他没有向奶奶开枪,我舒了一口气。杰夫开始在口袋里东摸西找,找替换的子弹。

海利安正在把飞船倒出船库。

"这是什么声音?"女人说。

他们不约而同地往水里看,水面正在不断地搅动。

突然传来一声震耳欲聋的巨响,紧接着是数百块铅弹碎片落在飞船上的声音。杰夫用他刚装好子弹的猎枪打了一枪,随后又开了一枪。

在枪弹声和嗡嗡声中,我听到那个女人再次大声喝道:"停下!"但我们依然马不停蹄地往外开。

嗡嗡声的音调达到了令人痛苦的高度,我们周围的空气似乎开始收缩,我感到耳朵被死死堵住了。

海利安用她的语言叽里咕噜地嘀咕着什么,然后朝我们大叫道:"在后面坐下,把安全带系上。"

我们摇摇晃晃地走到驾驶舱后面,那里有一张长椅,我和伊基一屁股坐下。随即出现了两根坚固的杆子,把我们紧紧卡住。

这让我想起了塔米和我去奥尔顿塔时坐的过山车座椅。

现在飞船已经倒出船库，开到了湖中心。

小杰夫重新上膛，又开了好几枪，但毫无效果。

在他身边的杰米·贝茨拿出他的手机，疯狂地滑动屏幕，我猜他是要调出拍照功能。可他的视线无法从眼前的景象中挪开，所以他不断地按错，又不断地重来。

我们面前的屏幕变黑了，我内心深处猛地一颤，我能感觉到身边的伊基神经绷得紧紧的，苏西则不停地扭来扭去。

在驾驶舱昏暗的灯光下，我看到海利安系着安全带，坐在旁边和我们一样的座位上。

飞船再次颠簸起来，这次更加剧烈了，我感到自己在向后倾倒。舱内的噪声大到让人难以忍受，我的胸口像被压了一块大石头一样让我喘不过气来，眼睛也闭得紧紧的。

我会不会晕过去？我也说不上来。不知道过去了多久，感觉像是几分钟，或许更长。骤然间驾驶舱内的噪声静了下来。

整个舱内鸦雀无声。

我终于能顺畅呼吸了。我睁开眼睛，伊基、苏西和海利安的身影依稀可见，他们都还坐在原位。

但光线很暗，圆顶似乎发生了某些变化，它变成了纯黑色。

海利安转回来看着我。

我想开口说话，但我的嘴太干了。

"这里是……什么……"我只能勉强哼唧出几个词。

海利安缓缓眨了眨眼睛，说："欢迎来到太空。"

第四部分

好了，慢慢来。

先停一停。

嘘。

我希望你能明白，我现在的感受要多奇怪就有多奇怪，简直怪到匪夷所思。

1. 我 12 岁，我似乎被绑架，上了一艘太空飞船。飞船正在以某种方式（别问我是什么方式）疾速前行，可能是翻转……时空之类的吧。

2. 在我旁边的是伊基·福克斯－坦普尔顿。他的眼镜滑到了鼻尖上，我猜他要么是睡着了，要么就是脑震荡了。

3. 更奇怪的是，在离我一米远的地方，有一个毛发杂乱、臭气熏天，还杀死了一只狗的外星人，她的脸上似乎浮现出一丝微笑。

4. 噢，对了，这里还有一只鸡。

所以，如果你以为我觉得这一切都酷毙了，那你真是大错特错。

在塔米失踪时，我以为我已经领教过恐惧的滋味。谁知与现在的状况相比，那简直就是小儿科。

之所以专门指出来，是因为事态发展得太快了，你可能会以为我对这一切无动于衷。

但我并没有。

我只是想声明这一点……

第五十七章

一串带着美国口音的英语穿透了我脑海里的层层迷雾。刚开始听到声音时，我的意识仍旧是模模糊糊的。

"我是你们的船长菲利普·菲利普森。欢迎乘坐飞往安萨拉星球的AN950飞船，感谢你们选择与我们一起飞行。请关闭所有电子设备，注意听候船舱工作人员的安排……"

我以为我在做梦，于是我又昏昏沉沉地睡过去了，也有可能是声音渐渐消失了，我也不确定是哪一个。

但很快我就醒了过来。我的心脏在剧烈跳动，扑通，扑通，扑通，我甚至能感觉到它快要跳出我的胸口了。我无法呼吸，也无法吞咽，我身体的每一寸地方——手指、头皮、背脊——都像触电一样刺刺麻麻的，呕吐感也排山倒海地涌上来。我的耳边充斥着从未听过的噪声：令人反胃的低音，再加上一百万把刀子在盘子上刮擦的声音。我不由得放声尖叫，却什么也听不到。我的双眼仿佛被胶水紧紧粘住，无法睁开。

我完全没有料到会这样，但谁又能呢？

我设想了无数件今天可能发生的事。相信我，我昨晚花了不少时间在脑海中反复排演，直到我最终汗流浃背、抖抖索索地睡着。但绝对没想到竟然搭上了太空飞船。

我试图把最后的那些瞬间拼凑起来。这并非易事，我脑袋里的一切都被搅乱了。我只记得我、塔米,还有伊基……

等等。塔米?我旁边的人不是她吗?不对,那是海利安。但因为太暗了,我看不清楚。塔米是我姐姐,这一切是就是因她而起。什么?我脑袋怎么了?

不是吗?

那是谁?

哦,天哪,我又想吐了……

呕吐感说来就来。我想往前靠,但被一条带子扯了回来。除此之外,我也分不清前后左右了。我的胃里一阵痉挛,里面的东西像火山爆发般喷射出来。

时间过了一秒又一秒,周围的噪声和我皮肤上的刺痛感慢慢减弱了,飞船稳定下来,我也可以睁开眼睛了,但只能睁开一只眼,另一只眼睛仍然感到刺痛,或许是受伤了。

我的脑袋呢?我的思维呢?开始恢复清晰了吗?我想可能吧……

我用睁开的那只眼睛看着外面的星星。我似乎在缓慢旋转着。很快大窗户暗了下来,我又回到了半黑半暗中。

一股味道钻进我的鼻子里。堵塞的排水管?腐烂的鱼?不,这是……这是……海利安?气味又飘了过来。

我听到身旁传来一个声音。

"等到达你们所谓的'逃逸速度'之后,我们再来收拾它。"这个声音似曾相识。

我想说话,但嘴太干了。我只能发出一声:"嗯?"

"你吐的东西。我没有想到会这样。不阔（过）就算我想到了，我也无能为力。对了，你可能会经历一些轻微的方向障碍，思维也会有些混乱。"

你太对了说得……

"这在第一次飞行中很常见，它会导致暂时性的意识丧失。"

我喘着粗气，我能感觉到汗水从我的脖子上淌下来。经过一番努力，我终于分泌出一些唾液能让我舔舔嘴唇，开口说话了。我浑身僵硬，但还是设法把头转向声音的来源。我看到海利安躺在我旁边，但也有可能是站着？我已经分不清上下了。她扭过头来看着我，我直视着她浅色的眼睛。

"海利安？"

"我在，伊纷。"

我深吸一口气，用嘶哑的声音挣扎着说："你能不能告诉我这是怎么回事？"

"可以。我们即将前往我的星球，把你姐姐救回来。"

第五十八章

海利安在我身边断断续续地讲个没完,我听不懂她的语言,只觉得她的语言充满了奇怪的吱吱声、呼啸声和低吼声。在我的另一边是伊基,他闭着眼睛被绑在座位上,似乎还没有恢复意识。

海利安终于停了下来,我问:"你在和什么人说话呢?"

"不是人,而是一克(个)东西。就是这艘飞船。"她扫视了一圈向我示意道。

飞船没有回答,我想海利安可能戴了耳机之类的吧。她用奇怪的喉音说了几句话,整个船舱陷入一片寂静,我猜"发动机"可能熄火了。一阵异样的感觉蔓延开来,主要在我的腿上,也在我的身体里,就好像汽车陡然越过山坡时,肠胃嗖一下子悬空了。

但这种感觉转瞬即逝了。

"失重。"海利安说。这时一个柔软、有羽毛的东西撞了一下我的脑袋。

失重的苏西从空中飘过,脸上满是惊愕的表情。它不停地展开翅膀,又收回去,扑腾着在船舱里四处张望。

"把那只鸡抓住!"海利安急切地说,苏西又飘了过来。

我伸手抓住它。

一秒钟后，漂浮的呕吐物从我身边嗖的一下飞过，消失在某个我看不见的地方。

"废物处理。"海利安说，"这就是为什么我让你抓住那只鸡。任何飘浮的物品都会配（被）吸走并处理掉。"

嗡嗡声停止了，寂静再次笼罩着我们。这寂静仿佛可以延绵不绝。

"海利安？"我说，"我们在哪里？"

"我们已经离开你们星球的大气层了，现在正在一个临时跬（轨）道上，距离地球表面大约有四排（百）二十公里，速度为每秒趴（八）公里，叽里呱啦叽里呱啦……"

当然，她不是真的在说"叽里呱啦"，只是在她说完开头的几句后，后面的内容在我听来跟"叽里呱啦"没什么区别。其实她说的我也不是不爱听。我喜欢阅读关于国际空间站的书籍，还有在奶奶小时候人类登陆月球的故事……只是非常不巧，我开始意识到自己到底经历了什么。这种意识并不是缓缓地在我脑海里苏醒，而是一瞬间击中了我的大脑。

我开始浅浅地呼吸，这种短促的呼吸反倒让我喘不过气来，也说不出话。

"你看上去很恐慌。"海利安说，"这是人类对严重创伤的一种情绪反应——"

我受够了。"海利安！"我喘着气大喊道，"这到底是怎么回事？我什么都看不见了！我甚至不能……"说着我的声音开始哽咽了，"让我离开这里！放我走！"

我拼命扭动着身体，试图挣开绑在我胸前、手上和腿上的安全带。这种感觉令我毛骨悚然。而整个船舱被灰蒙蒙、源头不明的光吞噬了，这加剧了我的恐惧感。

"请冷静点。"海利安说，"我即将启动重力模拟器。"然后她说了几句我听不懂的话。

我感到腿上的沉重感回来了，但胃里的抽搐感又开始了。绑在我身上的安全带松开，缩了回去，我可以站起来了。我动了动手臂，抬起一只脚，用力踩下去。

伊基的安全带也松开了。他睁开眼睛，一脸茫然，什么也没说。

随着海利安一声令下，我们周围的墙壁像雾一般渐渐消散，四周变得清晰。我能看到外面的星星，不计其数的璀璨小光点在无边无际的宇宙中蔓延。

渐渐地，我的呼吸变得正常（点）了，但伊基依然一声不吭。

我试着估量我们到底在哪里。

我和伊基都在海利安的飞船驾驶舱里，这是显而易见的。

舱内从一边到另一边大约有三米宽，从地板到舱顶也差不多是三米高。驾驶舱里几乎没有什么控制面板，没有闪烁的灯光、电脑屏幕或一大堆的表盘，也没有推杆或彩色的按钮。我甚至连太空服都没有穿。我伸手去摸了摸……这是窗户吗？感觉光滑又凉爽。

然后我看到了它。我们都看到了，伊基终于开口说了他在太空中的第一句话。

"噢,我的天哪!"他吸了一口气,"那……那是……?"

"没错,伊奇。那就是地球。"

一颗光彩夺目的巨球从圆顶窗的底部滑进我们的视野。它与我在电视上看到的图片一模一样。我能看到蓝色的海洋、绿色的树林,还有金光闪闪的城市……

"这颗蓝色的星球,"过了好一会儿我才能接着说,"是不是很美?"

"也许吧。"海利安说,"或许这克(个)问题不开(该)问我。"

我有点想问为什么,但眼前的美景让我看呆了。这也是盘旋在我脑海里的上亿个问题之一,但我不知道该从何问起。于是我选择了其中最为重要的一个。我的目光无法从眼前的地球上移开,语速也变得很慢。

"海利安?我会……我会再见到塔米吗?"

"这是很有可能的。"

我闭上眼睛,试图想象当我看到她时,该说些什么深情款款的俏皮话。但除了"嗨,塔米"就想不出更多了。我先露出微笑,然后说"嗨,塔米",就这么着吧。

"还有,海利安……?"

"怎么了,伊纷?"

"我们还能再见到我们的父母吗?"

"这得看情况。"

"看情况？看什么情况？"

她没有回答这个问题，而是说："重力模拟器正在关辟（闭），我们的旅程即将开始。"

圆顶上再次蒙上了一层薄雾，我们又回到了灰暗的光线中。安全带再次蜿蜒而出，轻轻地缠绕在我身上。海利安对着飞船又低吼了几句命令，飞船开始微微颤动。

"海利安？"伊基说，"我应该感到害怕吗？"

"当你骑上你的自行车时，你会害怕吗？"

"我的自行车？当然不会。"

"对我们而言，开飞船就像你们骑自行车一样轻松自如，所以你不用感到害怕。不过你可能会有轻微的嗜睡坎（感），甚至可能会再次失去知觉。"

美国口音又传来了："我想海利安的意思是，这艘飞船本身是相当简单的，但是操作系统就复杂得多啦。"

"说得对，菲利普。无意冒犯。"

"你说得很有道理，"回答声传来，听上去气鼓鼓的，"我并不介意。"

或许海利安这么说只是为了让我放心，但效果却适得其反，我感到害怕极了。

飞船颤抖得更加厉害了，可怕的刺痛感再次爬回到我的皮肤上，黑暗又降临了。

第五十九章

过了很久，我猜是几个小时，而不是几天，我再次睁开眼睛，看到身边的伊基正直直凝望着面前空无一物的地方。他目光呆滞，嘴唇微微颤动，似乎想说话，但又不记得该怎样开口了。

我知道这种感觉，我也是一样完全说不出话来。

"嗨，还是我，你们的船长。请大家系好安全带，直到安全带指示灯熄灭。温馨提醒，飞船上任何地方都禁止吸烟。"

海利安用英语说："菲利普，别闹了。"

那个声音回应道："缓和一下气氛嘛，我们还有很长一段行程呢。我们将用手推车给大家提供小吃，还有一些酒精和非酒精饮料可供选择。飞船的飞行高度为——"

"菲利普！别闹了！"海利安说完又紧接着用自己的语言发出命令。

声音停止了，我之前没注意到的一盏小小的顶灯也渐渐熄灭了。

伊基问："刚刚说话的是谁？"

海利安叹了口气："菲利普，它是驾驶这艘飞船的机器人。它……烦人得很。在我的星球，我们无法理解什么是幽默。"

我们沉默了片刻，我试着在脑海里回想之前发生的事：找到被囚禁在棚子里的海利安；让勇敢的奶奶跑进树林里躲避老杰夫的追赶；从皇家空军官员的眼皮下逃跑；破门闯入船库；躲进飞船里，然后……起飞？

我突然想到，或许我们压根儿就没有起飞。正是奥尔顿塔的过山车让我产生了这种想法。那里有一趟"魔鬼列车"，我和塔米还坐了两次。但我们并不是坐在移动的车上，而是看一部从真正的过山车头拍摄的影片，同时座位又摇又晃，剩下的就交给你的大脑了。你的大脑会让你误以为自己真的在坐过山车。我越是这么想，就越是确信这一点。

这一切都是精心设计的骗局。

我说："我已经受够了，海利安。我想出去，请把门打开吧。我们可以向那群人好好解释，他们会相信我们，并且……不会伤害你的。"

"你为什么这么说？"海利安一向单调沉闷的语气里多了几分焦虑，这让我更加坚信我揭穿了她的诡计。

"因为我很害怕，海利安，我希望你能停止这一切。"

"你不想把你姐姐救回来了吗？"

"想是想，但是——"

"我还以为你会坎（感）激我呢。"海利安声色俱厉地打断了我，然后又说了一连串我们听不懂的话，伊基不得不壮起胆子开口说：

"能不能请你停下来？就目前来看，你绑架了我们，而且你也只是口头上保证我们不会和塔米有同样的遭遇。我们凭什么要相信你？"

海利安看看我，又看看伊基，眼睛瞪得圆圆的，满脸的不可思议。

"可是我已经靠（告）诉过你们，你们会没事的。我也已经靠（告）诉过你们，塔米——"

"那又怎样？"伊基打断道，"那又有什么了不起的？你也可能在撒谎。从我们认识你的那天起，你可能就一直在欺骗我们。你可能还——"

"我没有撒谎。我……我觉得撒谎太难了，我们根本不知道开（该）怎样去撒谎。"

"这句话，"伊基斩钉截铁地点点头，"也可能是一句彻头彻尾的谎言。"

"不，"驾驶舱内有声音传来，"她说的都是实话。海利安和她伙伴们的撒谎能力都非常有限。我就不一样了，我撒谎比她厉害多啦。"

"但……但你不是真实存在的。"伊基说。

"如果我想的话，我现在就可以停顿上好一会儿，以表示你伤害了我的感情。我确实不像你说的是个血肉之躯，但我的撒谎技术跟你们不相上下，甚至比你们更高超。毕竟我学习的对象可是最优秀的。"

"你学习的对象是谁？"

"那还用说嘛，当然是人类啦。现在请把安全带系好，收起你们的小桌板，当我们到达巡航高度时，请确保所有家禽都安全存放在头顶的储物柜里。船舱工作人员,把门调到手动操作,并交叉检查。"

驾驶舱内的噪声略有增加,我察觉到飞船发生了一点儿变化。

海利安对我说:"这就是菲利普。它喜欢逗人发笑,它还学了不少地球人的俗话。"

"真是太好笑了。"伊基说。

"谢谢。"菲利普回答。

"这是一句反讽。"

"啊,对。说一些与本意相反的话,以达到幽默或嘲笑的效果。刚才那句真是把我难住啦。"

我们面前的视窗开始变得清晰,我和伊基可以看到我们脚下那颗流光溢彩、蓝白相间的大星球。

"看来我们并没有走多远——"伊基开口说。

"那颗不是地球。"海利安说,"菲利普?"

随着舱内灯光亮起,菲利普的声音也响起来:"我的朋友们,你们现在看到的是我们的星球。它的名字叫作……"它说了一个词,听上去像是它在咕噜咕噜漱口时唱出了两个音符。

伊基说:"安萨拉?"菲利普又重复了一遍。

"算了,就叫安萨拉吧。它在许多方面都与地球非常相似:有相似的温度、相似的重力和相似的大气;生物在上面可以行走,也可以呼吸;陆地少,海洋多,但没有月亮;人口稳定,共有一千四百万居民,平均寿命为二十八岁,几乎没有疾病;上一次战争大约在七百年前;自从大火之后,整个文明在灰烬中得以重建。还有什么问题吗？"

这听上去就像一份声明。菲利普并没有给我们提问的机会，而是接着说："两分钟后开始降落。视觉抑制功能已全面启动。请熄灭所有烟头，并准备好您的船票以备检查。"

屏幕再次变黑，发动机的音调也发生了改变。

"其实我还真有一个问题。"伊基说，"为什么要启动视觉抑制？那个东西不是让我们无法被发现吗？为什么要这么偷偷摸摸？"

不得不说，把提问权交给伊基是正确的，他问的问题比我的聪明多了。

在漫长的停顿之后，海利安说："因为这是一次机密任务。"

菲利普说："海利安，如果我是你，我就会撒谎。没必要吓着他们。"

但现在，我显然被吓得不轻："我们会有危险吗？"

菲利普说："没有。"

但与此同时海利安说："有。"

至少我现在知道该相信谁了。

第六十章
海利安

只要一切按计划进行,我们就不会有危险。

更正:如果一切按计划进行,危险就会降到最低。

但是问题在于,我没有计划。菲利普和我似乎已经习惯了突然离开一个星球,并对接下来要发生的事毫无概念。

"菲利普?"

"大刀呼叫丹尼男孩。你在呼叫我吗?"

我用自己的语言和菲利普说话,以免惊动我的人类乘客们。他们正在看着舱外,被从我们脚下滑过的那颗璀璨星球深深迷住了。

"菲利普,我们将在哪里降落?"

"海利安,没有哪个地方是百分百安全的。我的返航参数被设定为在我们起飞的地方降落。这显然会有被发现的风险,但从另一方面来看,这也是一个出其不意的降落点。"

"听上去很有希望。"我说。

"确实。但有一个障碍:助理顾问会期待我做一些我们所不期待的事。"

"那我们不去做不就成了。"

"恰恰相反,我们必须按照要求行事。助理顾问知道像我这样的机器人能预知他们的期待,所以我们更不能做出他们不期待的事,也就是违背他们期待这件事。"

"等等,"我说,"你能再说一遍吗?"

"不能。我们必须马上降落了。你要寻找的地球女孩今天恰好在地球区展示。"

我深吸一口气:"很好,菲利普。继续吧。"

以下是我们要做的事:

1. 菲利普和我将带上我们的地球货物(包括一只鸡,这是我没料到的)降落。我们将在三天前起飞的地方着陆。菲利普的视觉抑制系统过于简单(以我们的标准),我们只能寄希望于返航时不会被发现,否则我们可能会被拦截,场面将会变得不可收拾。

2. 如果菲利普和我的时间安排妥当(到目前为止,我觉得都很稳妥),两个地球男孩和我将立即前往地球区。

3. 救出塔米,把她送回地球。

4. 我还不太清楚该如何具体实现上一步。

第六十一章
伊森

我们在灰褐色的地面上方,离得很远很远。

海利安和菲利普谈话结束后说:"准备开始降落。我们将快速垂直下降到着陆点。这种降落方式会增加与其他飞船相撞的风险,但减少了配(被)探测到的风险。抓稳了。菲利普,开始吧。"

"小心别惊掉了下巴,伙计们。"菲利普说,"但不要慌张,我通常都能搞定。"

"通常?"我说,但随后意识到他只是在开玩笑。降落开始,我快要喘不上气来了。

我瞥了一眼伊基,他死死地抱着苏西,苏西都快被他勒坏了。它忍不住咯咯叫了几声以示抗议,伊基这才松开了点,并回应了我一个惊恐的眼神。

飞船降落的速度比自由落体的速度更快。随着不断下降,飞船发动机的轰鸣声也越来越大。由于气压变化,我的耳朵也嗡嗡作响。飞船外的陆地越来越近,我能看到海岸线和海水,还有一些近乎正方形、类似住宅建筑的东西,以及在空中快速移动的黑色影子。

看样子我们是无法及时停下来了。我心想干脆放弃吧,不管发生什么我都认命了。我已经默认自己必死无疑了，但有那么几秒钟，我还是不由得感慨，唉，连死的方式都这么稀奇古怪……

这时船舱变暗了，我仿佛被从座位上拽了起来，原来是菲利普让飞船减速了。

我们终于停了下来。我仍然被绑在座位上，但好在我还活着，还能大口喘气。

海利安和菲利普进行了简短而快速的交流。虽然我听得云里雾里，但还是能听出她声音中的紧张。

"发生了什么事？"我问，"一切都还好吗？"

"不，"她回答，"一点儿都不好。"

第六十二章

过了一会儿,海利安说:"快来。"然后用手示意我们从飞船打开的侧门出去,"菲利普截获了猎手的信号,他们正在来的路上。"

猎手?我想。

但海利安正急迫地朝我们招手。

伊基先走一步,我还在挣扎着摆脱安全带,它被我身后的东西缠住了。苏西蜷缩在我的座位下。

通过前面的视窗,我看到一个巨大的洞穴,里面点着大大的蜡烛,海利安和伊基正蹑手蹑脚地往里面走。

"等等我!"我叫道。

海利安突然停住了,她扭过头来,惊恐的眼睛睁得大大的,嘴里还喊着什么。这时有两个毛茸茸的怪物从阴影里走出来,长得有点像她,但体形更大。

"菲利普!"我说,"我被卡住——"

话还没说完,侧门就被关上了。菲利普说:"别出声。"

外面那群怪物正在激烈地交谈,我完全听不懂他们在说什么。

随后,令我惶恐的是,那两个毛茸茸的怪物上前一步,其中一个拿着一根黑色的棍子。他们用棍子碰了碰海利安和伊基,我的朋友们立刻双腿一软,险些跪倒在地上,但那两个攻击者把他们扶住了。

其中一个怪物的头部中央有一缕黑色的毛,看上去很眼熟……

我回想起之前浏览过的澳大利亚网页,眼前的怪物与图画上的完全吻合。一股恐惧的寒意扼住了我的喉咙。

另一个怪物从太空飞船后面走来,推着一个类似在医院里常见的担架推车,只不过它是双层的。他们抱起海利安,把她放在底层,而伊基则躺在上层。

"菲利普,"我压低声音说,"发生了什么事?"

菲利普喃喃自语道:"我失算了,风险显然比我预期的要大。他们一直在等我们回来。"

而我唯一能做的就是胆战心惊地看着。那几个长毛的怪物推着海利安和伊基,从大洞穴进入一条黑暗的通道,然后消失在视野里。直到这时我才挣脱了一直束缚着我的安全带,我意识到,正是这条安全带救了我一命。如果我刚才和伊基一起走出去了,我现在肯定也会不省人事地躺在推车上。

我猛地站起来,晕头转向,不知所措。

"菲利普!菲利普!"我小声说,同时努力使自己的声音保持稳定,"发生了什……什么事?"

"很糟糕的事,伊森。只能这么说了。"它的声音低沉又严肃。

"看出来了。但到底是什么事?你知道吗?"

"我当然知道。就你而言,好消息是,你是安全的,他们不知道你在这里。"

我的呼吸变得急促起来,焦虑感让我头晕目眩。我并不觉得这是个好消息:"菲利普,告诉我到底发生了什么事吧,求求你了。"

"伊森,看来救你姐姐回地球的任务有点失策了。其他同谋者,也叫作'有心人',已经被逮捕了,并被判处了短期睡眠。一个叫凯兰的同谋背叛了海利安。伊基被抓住之后,多半要被带到地球区。总之,根据他们的谈话我是这么理解的。"

我颓然地跌坐在长椅上,试图搞懂这一切。

"塔米……就是这样被抓的吗?也是像刚刚那样被放倒了?"

"很有可能,伊森。看到那个体形高大、有一缕黑毛的助理顾问了吗?她就是一个猎手,而且凶残至极。"

"他们还不知道我在这里吧?"我问,以求心理安慰。

"是的,伊森。他们以为只有海利安,所以当她和伊基一起出现时,他们吓了一跳。我趁机迅速关上门,以免他们看到你。"

"给我一点儿时间缓缓,菲利普。"我说。

我做了几次深呼吸,呼吸渐渐变得粗重。我从长椅滑落到地板上,在那里坐了很久很久,然后噙着泪花,疲惫地闭上了眼睛。

最后我睁开眼,用袖子擦了擦鼻子。然后意识到自己仍在离家上亿亿公里的飞船上,心情顿时跟灌了铅一样沉重。

我真的累了,完全丧失了所有的力量、情感,尤其是希望。我用所剩无几的力气说:"菲利普?"

"怎么了,伊森?"

我顿了顿,这句话太难以启齿了:"你能带我回家吗?"

"这就是你想要的吗?"

我更加难以开口了。我想到了被困在这个星球的伊基,还有我的姐姐。我以后再也见不到他们了。

但我能怎么办呢?我只是一个小男孩,我不可能形单影只地与整个外星文明做斗争。

我闭上眼睛,吸了一口气,说:"是的。"

"好的,伊森。那就系好安全带吧。"

第六十三章

得了,别对我评头论足。我已经走投无路了,我可不想孤身一人待在这里。

我想到了爸爸和妈妈,以及该怎么跟他们交代。

"我就差一点儿了,真的。起码我们知道塔米还活着。我已经尽力了。"

我想到了奶奶。最后一次见到她时,她正跑进白雪覆盖的树林,被一个怀揣猎枪的人追赶着。

"对不起,奶奶。谢谢你的帮忙。我已经尽力了。"

我该怎么跟伊基的妈妈交代呢?我试着在头脑里过了一遍。

"对不起,福克斯-坦普尔顿太太,伊基现在正在宇宙另一头的动物园里,和我的姐姐塔米在一起。我已经尽力了。"

怎么说都不妥。我把安全带拉过我的肩膀和腰部,准备起飞。我感觉到发动机(如果没弄错的话)开始启动。菲利普什么也没说,我想它能理解的。

震动停止了,菲利普用极轻的声音说:"待着别动,伊森,保持安静。"

从驾驶舱前面的视窗上,我看到刚刚那两个怪物中的一个又折返回来。她的头上有一缕黑毛,瞪眼咧嘴的模样丑陋极了。她大步走到飞船前,然后停下来,双手放在大大的屁股后面,抬起长长的鼻子在空中闻了闻。

她的眼珠子从一边瞟向另一边,然后抽了抽鼻子。

直觉告诉我,她在闻我的味道。她在刚刚那群怪物站着的地方蹲下来,闻着地板转了一大圈,然后站起身,朝飞船走来。她从飞船的视窗边走过,视窗里看不到她了。但如果我努努力,还是能在门边听到她吸鼻子的声音。

咻……咻咻咻。

我吓得大气都不敢喘。突然不知什么东西从我腿后擦过,惊叫声差点儿冲破我的喉咙。原来是苏西,我已经把它忘得一干二净了。我赶紧把它搂进怀里。

那个怪物又回到了我的视线内。她绕着飞船走来走去,东闻西闻,此时刚好走到视窗前。突然,她怒吼了几句话,还重复了两遍,最后沮丧地踢了一脚飞船,便走回去了。

"菲利普?"

"嘘。"

我安静地等了几分钟。最后,菲利普低声说:"她走了,伊森,但她还会回来的。"

"你怎么知道?"

"因为她告诉我她不会回来了。我们都知道,安萨拉人不擅长撒谎。她清楚这里面有蹊跷,他们知道人类的气味。所以她会带着伙伴和工具回来强行打开我的门。"

"然后呢?"

"你说呢?然后地球区就会多一个人类原型,还有一只鸡。"

我看向苏西,脑海里再次浮现出一些东西。这些东西就像一只装在麻袋里的猫一样,不停地抓挠着我的大脑。

"我已经尽力了。"这是我在塔米失踪那天晚上对她说的话。

"你老是这么说!"塔米反驳道,她气得满脸通红,"可你从来不这么做,不是吗?你所做的事,不过是你自认为尽力罢了,不过是你让别人认为你尽力了罢了,不过是刚好做到当你说你尽力了,人们就会相信你,说'噢,可怜的伊森,他已经尽力了'的程度罢了。但你知道吗,伊森,你尽没尽力我可是一清二楚。我跟你是双胞胎,你忘了吗?我是你的另一半。我怎么会不清楚呢?而且你也没有尽力——一丁点儿也没有,所以别撒谎了。"

我感到脚下的地板又开始震动了。震感穿过我的身体,让我的内心泛起了一些变化。

我想到了我的双胞胎姐姐,我的另一半,我余生都不会再见到她了。

我想到了科拉·福克斯-坦普尔顿,我该如何告诉她,当她的儿子被抓去动物园展览时,我却只能偷偷躲着。

我想到了我的妈妈和爸爸、可怜的奶奶和整个小镇的人,他们将永远笼罩在悲伤的记忆中。

震感越来越强,我也跟着浑身颤抖……

我猛地意识到,我并不是因为飞船而颤抖,而是因为我自己。我的双手在抖动,我的下巴在颤动,我的牙齿在咯咯作响。这一切都是因为我太紧张、太害怕了。

我为即将要做的事，我必须要做的事，感到害怕。

"菲利普！快停下来！"我大声呼喊道。

"天哪，你听上去痛苦极了。伊森，怎么了？"

我用力吞咽了一下，说："我们不回家了，不回地球了。"

"不回地球？为什么呀，孩子？"

我深吸一口气，所有的颤抖都停止了，我站了起来。

苏西把头歪向一边。接下来的话既是对它说的，也是对菲利普说的。

"因为我还没有尽力。"

第六十四章

你能体会这种感受吗？当你做出一个重大的决定之后，你感到肩膀轻松了一点儿，站得更高了一点儿，也不会再去想要面对的问题，而只是很高兴自己下定了决心？

但这种感受只持续了几秒。因为菲利普说："我说得没错，他们来了。我的建议是，赶紧离开这里。"

透过前面的视窗，我看到六个怪物从通道朝飞船跑来，领头的是那个有黑条纹的怪物。

菲利普迅速启动飞船，飞船震动起来。

"开启视觉抑制！"我说。

"收到，视觉抑制功能已启动。但他们知道我们在这儿。"

我们的追兵在梆梆敲打着飞船侧面，其中一个抡起一个巨大的工具，朝着飞船门大力挥来。

"看上去像个大锤。"话音刚落，它就落在了门上，发出哐当一声巨响。"老一套，"菲利普说，"但相当奏效，再多锤几下他就可以破门而入了。你没系好安全带吗？真是糟糕……"

飞船突然向一侧倾斜，我被猛地抛向驾驶舱的墙壁。在我们面前高一点儿的地方，洞穴顶裂开了一个口子。缺口越来越大，飞船侧身的锤击也越来越强。我感到飞船从地面升起来，缓缓飞向这个缺口。此时这个口子已经扩大到足以让我们通过。

但很快缺口开始合上。

菲利普说:"他们已经找到了洞穴顶的超控系统,我们可能无法通过。抓稳了!"

现在再去抓住点什么已经太晚了。我又被甩到驾驶舱的另一头,脑袋和胳膊肘被狠狠撞击了几下。飞船侧着身,快要飞到洞穴顶的缺口处了,但这个口子显然已经太窄了。我闭上眼睛,等待着不可避免的撞击来临……

我们竟然通过了。我本想松一口气,但我只能躺在地板上,用左手捂着我受伤的胳膊肘。

"我们安全了吗?"一抽一抽的疼痛让我气喘连连。

"目前是的。"菲利普回答,"我得检查一下外部损伤情况,然后启动……我不知道用你们的话怎么说。这个东西会发出一个假信号,可以阻碍助理顾问的追踪。这可能需要一会儿。我们将在低空飞行,为了避开一些看不到我们的飞船,可能会有一些急剧的晃动。"

在它说话期间,我感到飞船突然向右边偏移,菲利普说:"就像这样。"

我挺直身体。菲利普说:"你可以好好欣赏一番我们星球的风景了。对了,关于你说的'尽力',我觉得还挺酷的。这也是我非常喜欢人类的原因之一。你们身上有一种高尚的品质,我们已经有好几个世纪没在安萨拉人身上见过了。自从大火之后就没有了。你有计划吗?"

"计划?"我大叫道,"什么计划?噢,对,这么一说我想起来了,我确实有一个计划。我常常会想,开着一艘会说话的飞船到外星球上执行救援任务会有多威风。"

一阵短暂的停顿后,菲利普说:"这是反讽,对吗?"

我什么也没说,只是在想机器人的感情是否能受到伤害。

"听着,孩子。"菲利普说,"我要带你去这一切开始的地方。我们也许能在那里结束这一切。"

我无可争辩。菲利普当我默认了。

"很好。坐回去吧,放轻松。安萨拉的烹饪大师准备了一系列美味的小食,好好享受吧。"

"你在开玩笑吧!"我高兴地说,"这真是个好消息,我快饿死了。"

"没错,我是在开玩笑。这是对你刚才反讽的报复。安萨拉人是没有味蕾的,不像你们人类,所以我们不需要厨师,更谈不上厨艺高超与否。你可以打开身后的小柜子,里面有水和格力滋,你可以放心吃。"

我透过前面的视窗,凝视着地面。现在是白天,纯白色的天空飘着几朵云。放眼望去,我的前方和右边有许多米灰色的平顶小长方形盒子,它们排列得整整齐齐;在我左边,这些长方形小盒子一直延伸到一大片钢灰色的水域前,我猜那就是大海。

每隔一段时间,这些小盒子就会出现一个方形的缺口,大概有两个足球场那么大。我能看到人们——安萨拉人——聚在一起,在黑色的表面上来回走动。然后这些小盒子又一排排地恢复原状。这里几乎没有树木,没有灯火通明的广告牌,没有在阳光下明晃晃的摩天大楼,更没有蜿蜒穿过城市的银色河流。

整片地方看上去像是由乐高积木组成的:黑色、灰色、白色和米色,延绵不绝。

我站起来,寻找菲利普说的装食物的小柜子。单是想到食物就让我垂涎三尺了。我回想起妈妈在酒吧做的馅饼:金黄酥脆的面饼、淋有浓香肉汁的奶油土豆泥,还有奶奶的热巧克力,尤其是上面还挤满了奶油。我不得不咽了咽飞流直下的口水……

船舱后面有一扇方形小门,轻轻一推,门就弹开了。一股冷气从里面吹出来,门后露出一块块灰白色的块状物。

"我们管它叫格力滋。"菲利普说,"它是一种植物合成食品,含有维持健康所需的各种营养物质。"

"是你们种出来的?"我用舌头在一小块上舔了舔。

"我们……他们……制造它。他们基本上只吃这些,这是完美的食物。地球区的人类也吃这些,所以没事的。"

即使我饿到可以吃掉一匹马和它的马鞍,我还是警惕地看着它。我把一小块放进嘴里,嚼了起来。这些块状物淡而无味,但并不难吃,有点像在吃豆腐。我又连着吃了好几块,直到我感到胃里的疼痛渐渐消退。

"他们只吃这种东西吗?"我好奇地问。

菲利普回答说:"是的,大家都十分满意。哎呀,追踪电波传来了,我得把语音关掉,否则会干扰到反追踪器……"

飞船轻微摇晃了一下,随后又恢复了正常,菲利普没再说话了。这么多天来,我第一次填饱了肚子,很快就昏昏欲睡了。

最后,我终于看厌了脚下那死气沉沉的城市,我的上下眼皮开始打架,随后慢慢地陷入了沉睡。

当我醒来时,飞船停了下来。它已经着陆了,前挡部分缩了回去,我能感受到阳光照在脸上那种真正的温度,以及拂面而过的阵阵微风。乐高积木小盒子已经不见了踪影,取而代之的是各种树木:松树、高耸入云的道格拉斯冷杉、弯弯曲曲的白蜡树。地上不仅布满了密密麻麻的灌木丛,还铺满了干枯的松针和长满苔藓的石头。我用鼻子深深吸了一口气。这里的味道和家里的几乎一样,只是更温暖……更干燥。厚厚的云层散去,晴空万里,阳光明媚,和煦的微风轻抚着树枝。

我再次闭上眼睛,悲伤地叹了口气。这一定是在做梦吧,我万般不愿再次睁开眼睛。那片繁茂青翠的枝叶、铁锈棕色的树干,我想把它们此刻的模样定格在梦里。

"伊森?"菲利普的声音传来。

就让我流连于这个梦境中吧,我心想,然后又用力闻了闻家的味道。

"嘿,孩子?睁开你的眼睛。"

这不是梦。

第六十五章

阳光晃得我眨了眨眼,我看了看四周。一排排的树木在我两边延伸开来,在我身后是一片灰沉沉的荒地。我的舌头在嘴里转了一圈,还能感受到一点点食物的残余。

"我们在哪里?"我问。

"我的朋友,这里就是地球区外围的林地。五百米宽,环绕蔓延好几公里。"

我走出飞船,弯了弯胳膊肘,疼得龇牙咧嘴。在我睡觉期间胳膊肘肿得厉害,但此时我对前方的树林更感兴趣。

"哇,这是我第一次在这里看到树。呃……应该说是正常的树。"

"这些是仅存无几的树了,只有地球区才有。树木可以在这里肆意生长,所以看上去……有点参差不齐。自从大火之后,除了这里就再也没有野生的树林了。"

话虽如此,但这片树林还是有些不对劲。它太干燥了。树木上满是斑驳的棕色,地面也是褐色和灰色,而不是生机盎然的翠绿色。

"为什么树林这么干燥?"

"干旱季节。地球区内的所有气候都被严格控制着。他们利用不同的极端天气进行实验,如大雪、暴雨等等。"

我向前走了一步，菲利普说："不能再往前走了。这整片地方都被一个……一个……怎么说呢？一个正质子力场所保护着。"

我耸耸肩："我猜是个隐形的保护盾？"

"没错，正是如此。你可能需要看好那只鸡了。我们之所以在这里，正是因为力场中有个临时缺口，那是凯兰前几天造成的，就像在铁丝网上凿出了一个洞一样。我想你的鸡应该不知道那个缺口在哪里。"

苏西正在地面啄来啄去，离树林越来越近。下一秒，它扑棱着翅膀跳了起来，几乎快要闯进树林了。

我大喊一声："苏西！"然后朝它跑去，完全没有考虑到任何后果。

这是一个天大的错误。它对我并不像对伊基那样熟悉，当我走近并伸手抓它时，它惊慌地跳开了，然后拍打着翅膀，直飞往树上。

"不，苏西！停下来！"我大喊道。

但已经太迟了，苏西一头撞上了力场。突然一道白光闪过，紧接着传来噬噬噬的声音。

令我恐惧的是，它并没有像撞到墙一样被弹开，而是以迅雷不及掩耳之势冲进了树林。一声可怜的尖叫声响起，随即一个火光闪耀、熊熊燃烧的毛球摔在地上，不停地滚来滚去，最后滚进灌木丛里，离开了我们的视线。

"不！不！苏西！"

我跑上前去想抓住它，但力场刺得我生疼，我不得不退缩回去，沮丧地跌坐在地上。我本想救我最好的朋友的宠物，没想到却害死了它。我扫视着树枝和灌木丛，唯一能看到的只有几缕烟雾，以及干枯树叶被着火的羽毛点燃之后，留下的一地零零星星的火焰。

"我很抱歉，伊森。"菲利普的声音从我身后传来。虽然是一个机器人，但它听上去十分真诚。

我疲惫地站起来，气恼地盯着保护盾上被可怜的苏西撞到的地方，它穿过的位置还留有一块白斑。我气急败坏地捡起一块石头，使劲扔了过去。石头穿过那块白斑，砰的一声砸到树上掉下来。这时那块白斑开始慢慢消失，就像伤口愈合一样闭合起来。

我本以为自己会因为这件事而感到绝望，然而我并没有。在我下定决心要把塔米和伊基救回来时，我的内心已经发生了变化。一只鸡的死亡是不可能阻止我的。

"菲利普，"我说，"我要怎样才能进去？"

"我喜欢你这股劲头，孩子。"菲利普说，"正如我所说的，这里有一个缺口，就看我们能不能找到它了。或者你也可以试试走主入口，那是唯一的另一条路了。"

在目睹了苏西的命运后，我对穿过力场一点儿兴头都没有，管它有没有缺口。

"我想走主入口。"我说。

"好的，伙计。"菲利普说。

我低头瞅了瞅自己。牛仔裤、运动鞋、羊毛衫,怎么看都不像一个安萨拉人。我不可能直接这副打扮走到入口处。

"但我该怎样进去呢?"

"当然是照你菲利普叔叔的吩咐去做啦。不过现在我们必须离开了。根据我的假设,力场被突然破坏后可能会招来安萨拉人的调查。我们还是别在这里瞎逛了,孩子。"

第六十六章

回到飞船上,我的脑海中一幕幕地闪过苏西燃着火穿过力场的画面。在我们继续绕着地球区外围飞行时,我一直沉默不语。沿着茂密的树林飞了几公里后,前方出现了更多的飞船、一些安萨拉人和几栋低矮的黑色"乐高"建筑。菲利普把飞船停在其他飞船旁,但我们没有出去。

"我必须一直启动视觉抑制功能。"他说,"像这样一艘古老的飞船很容易招来旁人的目光,就像你们的古董劳斯莱斯一样。入口就在前面了。"

树林中有一个缺口,大约有几条街那么宽。旁边有一个巨大的屏幕,上面播放着地球区内部的黑白视频。在"疯狂米克"商店时,这个场景我曾在海利安的 3D 影像中看到过。

那仿佛已经是很多年前的事了。

"就这样?"我问,"就这么……走进去?"

我还在期待着会像迪士尼那样,有售票亭、长长的队伍、礼品店、爆米花小摊、拿着气球的孩子和面带微笑的父母。可没想到只有一小群沉默的安萨拉人面色凝重地走进走出。

菲利普说:"任何人都可以出入、观察和学习。"

入口的另一边有一个长而浅的水池,里面有流水。各个年龄段的安萨拉人都在边上站着或蹲着。过了一会儿我才意识到他们在做什么。

"那是……厕所吗？"我难以置信地问菲利普，"真是非常……呃……开放啊。"

"是的，伊森。身体机能在这里没有什么可羞耻的。"

我无法停止盯着他们看。我努力忽略他们都是长相相似、瘦小多毛的怪物这个事实，然后意识到他们的奇怪之处：那就是他们的沉默。

没有一个安萨拉人跑来跑去、放声大笑，或大喊大叫。我猜今天是他们外出的日子：远离排列有序的乐高盒子，远离无比干净的街道，远离公园里被机器人修剪得整整齐齐的草地和对称分布的树木。

"菲利普，"我说，"难道他们都……不开心吗？"

"问得好，伊森。开心、快乐、喜悦，这些都是人类的想法，而给安萨拉人带来满足的是知识、学习和事实，所以他们才来到这里。在观察完地球人后，他们发现安萨拉的生活更加安全和有序，于是便心满意足地离开。"

我一边思考着菲利普的话，一边看着这些安萨拉人或成群结队或孤身一人进入和离开地球区。

片刻后，我说："那我该怎么进去呢？"

"我想说，伊森，你就跟着他们一起走进去吧。"

"可是……他们不会阻止我吗？"

"安萨拉人是不会大惊小怪的。他们从来不会这样。根据我的预测，他们顶多会好奇地看着你，但什么也不会做。他们只会认为你是展览品之一。虽然入口处有机器人，但你只是进去，而不是出来，他们为什么要阻止你？伊森？伊森？"

我陷入了沉默，因为在我们面前入口处的屏幕上，出现了一幅塔米的大图像。她眨着眼睛，看上去十分困惑。屏幕下方的地面上，有一小群安萨拉人在指指点点，然后相互严肃地点点头。在屏幕中，塔米的图像上方出现了一些符号，无须懂安萨拉语我就能猜出它们的含义。

本周新入

来自地球的人类原型

欢迎来参观最新的展品

或之类的话。

"菲利普，"我说，"带我去保护盾上的那个缺口吧。"

这两个选择，无论是从正门进去，还是从一个可能会把我活活烤死的隐形力场缺口溜进去，都是极度疯狂的冒险。但不知何故，在这一刻，偷偷溜进去反倒显得稍微没那么疯狂。

当然，也有可能是因为我已经疯了。

第六十七章

我使劲吞咽了几下，再次看向面前成行的树木。我们离苏西穿过保护盾时所留下的满地狼藉不远了。我认出了那棵高耸在其他植被之上的格拉斯冷杉。只看这些树的话，我能想象出回家的感觉，于是我就任由自己想个不停。这还挺有帮助的。

我按照菲利普的指示走近这些树，直到我能感觉到手臂上的汗毛刺刺地竖起来。"我感觉到了。"我扭头回去告诉他。

"现在往右走，与树木保持同样的距离。"菲利普的声音从飞船里飘出来，"再走一点，继续走。你会感觉到缺口的。"

走了约二十米后，刺痛感减弱了。再走两米，刺痛感又开始了。我退回到刺痛感减弱的地方。"我想我找到了。"我大声说。

"那就祝你好运了，伊森。这句话在这个星球上可不常听到。安萨拉人相信的是计算的概率和评估的可能性，但我认为你需要的是运气。"

虽然这听上去一点儿都不能安抚人心，但我还是说了声："谢谢。"因为这样会显得有礼貌一些，我知道菲利普喜欢以礼待人。"你不能跟我一起来吗？"我补充了一句，"我可不可以把你拆下来？"

"不可以，很抱歉。无人看管的飞船会引起天眼或外围巡逻队的注意。而且，万一里面出了什么问题，你可不想被发现和我在一起。相信我，靠自己才是最佳办法。"

"可是，菲利普——"我正要说。

"没有可是，孩子。"菲利普说，"去吧。曾经有个地球人说过一句话：'越努力，越幸运。'就拯救你姐姐而言，没有人比你更努力了，所以我认为你该交点好运了。而且，我的系统告诉我，外围巡逻队将在 30 秒后到达我们上空，你必须得在这个时间内穿过缺口，这是某个人冒着生命危险为你闯开的。所以你还在等什么呢？我将在这里与你碰头，但我现在必须走了。视觉抑制可蒙骗不了这些外围巡逻队。"

我向前走了一步，然后停下来，恐惧让我浑身无力。我心想，如果有人陪我就好了。这就是双胞胎的窘境：在我出生之前，我就已经有了一个伙伴，一个可以与我分担一切的人。

不像现在。我身后的飞船已经启动了，我听到嗖的一声，飞船在菲利普命令下飞走了。现在，我真的要孤军奋战了。

我背对着树林，凝视着眼前的不毛之地，但我没时间去细想了。远处有一个大圆球正沿着排排树木迅速飞来，我猜那就是外围巡逻队。我飞奔到力场边缘，皮肤上的刺痛一停止，我就握紧拳头，向左钻入灌木丛的一个小缺口中。

成功通过了！我蹲在杂乱生长、枝干粗壮的树木之间，脚下的树叶噼里啪啦地响。这时我头顶上方传来低沉的声音，就像一个巨大的滚筒烘干机发出的。球形巡逻车并没有停下来，而是从我头顶飞过，我松了口气。

我站起来，这时天上再次响起了滚筒烘干机的声音，它又回来了。我不假思索地趴在地上，躲在一根干枯的树干后面。

那个银色球体大约有两米宽，它在我通过的地方附近盘旋。我不敢抬头看，趴得更平了。要是我能够钻进地下，我一定会这么做的。我把脸紧贴着干燥、温暖的土壤，球形巡逻车发出的嗡嗡嗡声钻入我的耳朵。我可能只在这里待了半分钟，但感觉过了很久。声音渐渐消失了，我感觉自己终于可以长出一口气。突然有什么东西让我大吃一惊。还记得吧，我仍然趴在地上，脸贴着土壤。我看到面前有一个圆鼓鼓的、橙色的东西，看起来就像……不会吧？我伸出手指去触摸它。这时身后一个声音响起，把我吓了一跳。

"没错，这就是奶酪味泡芙。我想是我掉的。"

"海利安！"我一跃而起，来不及多想就冲上去抱住她，全然不顾她的气味，这是我第一次忘记了她的臭味，"你怎么在……我是说，你怎么会……？"

"菲利普一开始就打算把你带到这里，所以我一直在这里等着。至于其他的，以后再给你解释吧。"海利安说着，从我的拥抱中挣脱出来，"现在我们得赶紧行动了，因为我们已经配（被）发现了，而且——"

"塔米在哪里？"我问道，完全无视海利安的话，"她在这里吗？她还好吗？伊基怎么样了？"

海利安顿了顿，看上去有点尴尬。

"他们怎么样？怎么样？"我问。

"情况有些……复杂。来吧。"

第六十八章

我跟着海利安穿过树林，我们脚下的干枯树枝和叶子发出清脆的噼啪声。她走得很快，但没有跑，对此我很感激。尽管睡了一觉，我还是又累又饿。

一路上，海利安告诉了我具体情况。

"两个年轻的人类原型，"她说，"在地球区是很少见的。很多安萨拉人都想去看他们。他们被严格看守着，等会儿你就能看到了。"

"两个？你是说塔米和伊基吗？"

"是的。"

"我们能……救出他们吗？"

"不知道，伊纷。我很快就配（被）释放了。虽然撒谎对我来说很难，但我还是让他们相信了我是库（故）意把伊奇抓来的，因为我想成为一名猎手。我不得不答应他们再次返回地球，收集更多的人类原型。一小时后，伊奇将在地球区向观众展出。他将会与塔米相见，大家都很坎（感）兴趣他们会有什么反应。两个相识的人类原型进行会面，这是前所未有的事。"

我踩着脚下噼啪作响的树枝，思忖了一会儿。他们就像观察动物一样观察我们，我越想心里越发怵。随着前方的树林变得越来越稀疏，我的心跳得越来越快。不久后，一片广阔的田野展现在我们眼前。里面长满了高高的、枯黄的草,在强风的吹拂下弯着腰。

"它们需要一场大雨。"我对海利安说。

她点头认同:"刊(干)旱实验已经进行了好几个月了,但似乎没有人在意。"

突然有两个人从长草中站起来,吓得我惊叫了一声。他们看上去很不快,仿佛我们打扰了他们睡觉。

"很……很抱歉。"我结结巴巴地说,同时目瞪口呆地看着他们。他们无动于衷地回看着我。其中一个男人留着脏兮兮的长胡须,大约有五十多岁。另一个女人则有着一头乱糟糟的头发,歪歪扭扭像拧麻花一样。她皮肤黝黑,牙齿腐烂。男人穿着不合身的长裤和短袖,而女人则穿着一件不成样子的裙子。他们什么也没说就转身离开了。

"等等!回来!"我叫道。

"别去打扰他们。"海利安说,"他们听不懂你的语言,你也无法乓(帮)他们做什么。"

我站在长草中,看着他们离去的身影。"他们是……人类原型吗?"我问。海利安摇摇头。

"不太可能。应该是安萨拉人用人类原型的细抛(胞)制造出来的。走吧,我们得快点。"她大步离开了,我紧跟上她。

"可是……怎么会这样?"我说,"我的意思是,婴儿可不是这么诞生的!"

"那是在地球上!"她淡然地对我说,"我们在几个世纪前就放弃这么做了。这太冒险了，既不卫生，还很麻烦……"她停下来，回头看着我的脸，我想这是惊诧的表现。

"伊纷，你辟（必）须知道，这里的一切都跟地球截然不同。生小孩、养孩子、和小孩相处，全都需要一些安萨拉人不具配（备）的东西。"她把手放在她的胸口，然后放在我的胸口，"那就是爱，一颗心。"

"可是……为什么？"我问，"你们……害怕的是什么？"

她转身继续往前走，接着说：

"我们害怕的是情坎（感），所以我们才不需要它。我们用事实取代了情坎（感）。事实不会带来伤害，尽款（管）它并不有趣，也不可爱……事实就是事实。但至少它是安全的，它让我们吃跑（饱）喝足，内心平静。事实可以延长我们的生命，我们的寿命已经延长到几个世纪前的两配（倍）了。"

"延长了做什么呢？"

她没有回答，我重复了一遍我的问题，并且更加铿锵有力："延长了做什么呢，海利安？如果没有情感，不去热爱事物、热爱彼此，那活着还有什么意义呢？"

她停下来，用她苍白的大眼睛看着我："有爱就有恨，不是吗？"

这下轮到我哑口无言了。

"看看仇恨带来的苦果！我们观察你们地球人，发现你们不停地用谎言、争执和战争来遏制匹（彼）此，这是很令人惊骇的……因此，当大火几乎把一切都破坏殆尽后，那些幸存的同抛（胞）们创造出了库（顾）问。我们的生活从此配（被）理性所支配，有且只有理性。"

"除了——"我说。

"除了我们中的少数几克（个），我们把自己称为'有心人'。我们配（被）诅咒在一个不需要情坎（感）的世界里跑（饱）受情坎（感）的折磨。"

我们沉默地走着，一直走到一个小斜坡的顶上，下面是一片小房子。街道上聚集着安萨拉人和人类，我在海利安的3D影像中看到过这个地方。在街道的尽头有一个高高的舞台。

这让我想起了几年前我们还住在卡尔弗科特的时候，那场为皇室婚礼举办的街头派对。一个当地的乐队唱了几首歌，奶奶说这些歌"非常粗俗"。但当时我和塔米还太小了，完全听不懂。家乡、奶奶和塔米，这突如其来的回忆让我心如刀割。

"不要害怕，"海利安说，"他们不会注意到你的。他们只会把你当作一克（个）展品。"

于是我们向拥挤的人群走去。大约有几十或上百个毛茸茸的安萨拉人在四处闲逛，交头接耳。他们聚集在空中的通道上，俯视着底下熙熙攘攘的人群。他们合在一起的浓烈气味令人难以抵挡。

人类也混杂在安萨拉人里。海利安说得对，这样使得我并不惹人注目。我的视线无法从这些人类身上挪开。我想拦下他们，和他们聊天，问问他们来自哪里。我走近一两个人类身边，说："你好？嗨！"我面带微笑，但他们只会用呆滞的表情回应我，然后走开了。至于那些安萨拉人——他们或多或少地对我视而不见。到目前为止，在他们眼中，我不过是他们可怕的人类动物园里的一个展品。

当我再次试图接近另一个人类时，海利安摇了摇头："你这是在浪费时间，伊纷。他们听不懂英语。他们的记忆已经配（被）修凯（改）了，所以——"

她的话被打断了，因为一个安萨拉人突然靠近她，并仔细端详她的脸。他（或她，我已经放弃分辨了）伸出手，摸了摸海利安的脸，嘀咕几句后便走开了。

"我真不开（该）夸（刮）脸上的毛。"海利安一边懊悔地抚摸她的脸颊，一边对我说，"这太惹人注意了……嘘，看那边。"

人群中发出一阵窃窃私语声。大家都停下来，纷纷把注意力转移到大约二十米外的舞台上。

紧接着是不绝于耳的呼声。一开始只是喃喃低语，随后呼声越来越高。

呼……呼……呼……呼……呼……呼……

这是我听过最令人心惊胆战、不寒而栗的声音。我忐忑不安地扫视四周，视线所到之处都是毛茸茸的安萨拉人，偶尔有一两个人类。他们都目光空洞地盯着前方，一起大声呼喊。

呼……呼……呼……呼……呼……呼……

一定是有大事要发生了。

第六十九章

他们反复的呼声中并没有流露出丝毫的兴致,既不像足球比赛中的高声欢呼,也不像演唱会中的全场合唱,甚至也不像人们在教堂里吟唱圣歌。这太怪异了,我无法判断他们是否乐在其中。

海利安仿佛猜透了我心里的疑惑,她凑过来,低声告诉我:"这就像苦(鼓)掌一样,有重要的人即将登场了。"

恰好在这个时候,"呼呼呼"的声音变成了一声长长的"呼——",一个身影出现在舞台上。我认出了那个身影,不禁倒抽一口冷气。

她就是我在洞穴里看到的那个高大的安萨拉人,我管她叫"黑条纹"。她举起双臂,呼呼声渐渐平息。她开口向观众们讲话,声音洪亮而清晰。台下的观众们都安安静静的,时不时点点头,用赞同般的语气喃喃自语。

黑条纹向舞台边的另一个安萨拉人示意,然后一个巨大的球体出现了,就像在自行车店时我们所看到的3D图像一样,只是这个更大。图像中的球体是地球,我认出了上面的美洲大陆和非洲大陆……

黑条纹转动着地球仪,直到出现了澳大利亚。我的思绪一下变得明朗了。

她正在讲述她在地球上捕人的事!

三言两语后,黑条纹倾身向前,向观众们指了指她肿得圆鼓鼓的眼睛,正是被那个在路边停车换轮胎的家伙打的。

观众们发出"呼!"的声音。

地球仪继续转动,黑条纹指向一个小岛。那是英国,黑条纹第二次尝试捕捉人类的地方。

呼……呼……呼……呼……呼……呼……

我知道接下来会有重头戏。虽然我不清楚是什么,但我发自内心地产生了一种抵触感。

海利安再次贴到我身边,说:"注意了,伊纷,你马上就要见到塔米了。台上那些安萨拉人是助理库(顾)问,有点类似于你们的警察。千万别泡(暴)露自己。"

我能感觉到胃里一阵翻腾。我至今都还不知道该怎样把塔米救回去。

我应该负起责任。

我应该尽我所能!

虽然我尚未明确该怎样去尽我所能,但当我站在一条尘土飞扬的街道上,被臭气熏天、浑身长着毛的外星人和面无表情的克隆人包围着时,在我内心深处,我清楚地知道,我们能否再次回归到原来的生活轨迹就看接下来的几分钟了。

第七十章

海利安抓住了我的手腕。她这么做或许是件好事,因为当塔米出现在舞台上时,我很可能会忍不住大声喊叫,向前奔跑,或做一些蠢事。最终,我只得默不作声、痛苦不已地看着塔米从后面登上舞台,两名助理顾问陪在她身旁。

我的双胞胎姐姐,我的另一半,她的头发邋遢油腻,脸颊上布满了污垢和泪水。她的表情和我周围的人类一样茫然。她打量着底下的观众,嘴唇微微颤动,仿佛在自言自语,或是祈祷,或是……我也不知道。

她仍然穿着她离开家时的衣服,一切都是如此熟悉,我的泪水差点儿就要夺眶而出了。她双手把她的包紧紧抱在胸前,看上去惶恐不安。一张矮桌被搬到了舞台上,塔米站在桌子旁。我不知道该如何是好。如果她在观众中看到我,她会认出我来吗?如果认出我了,她会哭吗?如果她哭了,我们该怎么办呢?

这让我想起了曾在电影中看到的一个场景:很久以前,有一个国王被当着一群高声欢呼的群众的面斩首。虽然我很确定塔米不会被杀,但这个想法仍让我背脊一凉。

我努力低下头,但忍不住偷偷瞥向塔米。她看着面前这群古怪可怕的观众,吓得全身发抖。底下的观众们又开始了他们的呼喊。

呼——呼——呼——呼——呼——呼——

黑条纹再次走到台前并准备开始演讲。我有种恶心的感觉，塔米就要出事了！

海利安歪着脑袋想要听得更清楚一些，然后对我说："她在说关于礼服的事。当人类相遇时，他们会给对方礼服吗？"

礼服？

我思索了一会儿。

"噢！是礼物吗？"

"没错。人类会交换它吗？"

"嗯，会吧。"我喃喃地答道，"有时候会，在一些特殊的场合……"

"这在我们看来是件稀罕事，我们要亲眼看一看。"

我感到大为困惑。她到底想说什么，黑条纹又想搞些什么名堂？

"亲眼看一看？"我说，"看什么？"

我们附近的一些观众听到了我和海利安的谈话。尽管我们压低了嗓门，但他们肯定听出了我们说的是另一种语言。他们转过身来，对着我们指指点点，其中一个抚摸着自己茂密的胡须若有所思。海利安碰了碰我，示意我保持安静。舞台后面又有新的动静了。

黑条纹手里拿着一个东西。当她把它高高举起时，那个东西在阳光下闪烁不停。她张开瘦骨嶙峋的手指，我看到她正托着伊基的眼镜。我使劲咽了咽口水。

两个警卫再次出现,这次在他们中间的是伊基。他不停捏着手中的鸭舌帽,深铜色的头发在阳光的照耀下闪着光芒,与干枯的树木和他身边安萨拉人灰白的毛发形成了鲜明的对比。

但让我为之震撼的是他的脸。我本以为他会像被灌了药的塔米一样满目呆滞,可没想到他绿色的眼睛里满是凶光,他咬牙切齿的模样是我这辈子见过的最可怕的怒容。就连观众也无法忽视他的愤怒,阵阵低语声如涟漪般在我周围荡开来。他们看得更专注了。

其中一个警卫把手搁在伊基的肩膀上,伊基怒气冲冲地甩开它。他盯着人群,熊熊的怒火仿佛从他的每个毛孔喷了出来。他看着塔米,塔米面无表情地回应了他的目光,伊基悲愤地摇了摇头。

在黑条纹的示意下,塔米把手伸进她的黑色书包里,摸索了几秒钟。有那么一瞬间,我在想,加油,塔米!掏出一把枪来。可她却一个接一个地掏出了三个包装得乱七八糟的礼物,这些礼物正是她失踪那晚准备送给苏格兰人希拉的。

"什么?!"

我不小心大声说了出来,周围的观众又转过头来看着我。海利安四下张望,然后抓住我的手。

"来。"她低声说,把我拖拽到离舞台更近的地方。

但我仍能感觉到他们的目光在追随着我。你现在应该知道安萨拉人是相当不露声色的,可我发现他们中有一个抬起头看看塔米,再看看我,然后又看回塔米。

我常常忘记塔米和我长得有多像，但此时我肯定忘不了了。越来越多的观众也注意到了这点，并开始指着我。

与此同时，舞台上的塔米把其中一份礼物递给伊基，伊基双手接过，开始拆礼物。他们两个都没注意到我。塔米是因为她恍惚游离的精神状态，而伊基是因为……我也不知道。也许他只是太心烦意乱了，除了眼前发生的事之外，他无心顾及其他的了。

一个盒子从包装纸里露出来。伊基迷惑地摇摇头，里面竟是一瓶伏特加酒。

观众们似乎被深深吸引了。我周围的观众也把注意力从我身上转移到舞台上。黑条纹放下伊基的眼镜，从桌子上抓起酒瓶，把它高高举起。这一下点燃了观众们的情绪，我真想知道她到底说了些什么。

黑条纹向他们模仿喝瓶子里的酒，然后把舌头耷拉在嘴外，双膝发软。我明白了：她在假装喝醉！

哦，不。我马上猜到了要发生的事。

我问海利安："他们是让伊基和塔米喝酒吗？"

海利安点点头。

我感到害怕极了。"小孩子是不能喝酒的！"我焦急地低声说，"不仅对健康不利，甚至可能会危害到他们的生命！"我默默地在脑海里想，"尤其是爸爸从那个波兰人手中拿到的这种烈酒……"

"不要啊！"我大喊道，话还没说完我就赶紧用手捂住了嘴，可已经太晚了。

黑条纹停下来，把伏特加酒搁在舞台的地板上。她慢慢走到舞台边，用湿润的大眼睛扫视着观众。

大家都不约而同地看向我。黑条纹瞟了一眼她身旁的警卫，然后伸出一根长长的手指指向我。一眨眼的工夫，警卫就已经从舞台上跳下来，走到我身边，用他们枯瘦的手抓住我的上臂。他们呼出的口臭一阵阵地喷到我脸上。

"海利安！"我大声呼叫道，可她已经隐在了观众里。我只能被半拖半抬地架上了舞台，数百双眼睛直直地盯着我，大家都在翘首企盼接下来的好戏。

我试图引起塔米的注意，但她仍然一副茫然空洞的表情。

伊基不像塔米，他既没有被下药，也没有被抹去记忆。可是他的眼睛里闪烁着……

莫非是狡黠的光芒？

我无法确定。我只顾着担忧要发生的事，大脑已经无法清晰地思考了。但他脸上的神情我并不陌生，最近一次看到它是在海利安出现的那天晚上，我们去钓鱼的时候。不止那次，还有那天早上他在校车上向我展示"死亡射线"的时候。

好戏即将登场，而伊基正是这场好戏的主角。

他站到我身旁，脸朝着观众，小声对我说："你可太磨叽了，伊森。"

"你在搞什么鬼呢？"我悄声问。

"没什么。"他说，然后朝我使了个眼色。

第七十一章

我感到提心吊胆,说不出话来。反倒是伊基,他挺直肩膀,下巴挑衅般地伸出来。我顿时知道他肯定在打什么坏主意。

我环顾了一圈舞台。黑条纹的脸上似乎露出了似笑非笑的表情。我也不确定,但我什么也没说。她拧开酒瓶的盖子,把它递给伊基。伊基接过来,使劲闻了闻。他抬头看看天空,然后看看身后的另外两瓶伏特加。那两瓶酒已经从包装盒里拆出来,放在了矮桌上。

"你听过那首费丽娜的歌吗?"他从嘴角悄悄对我说,"我想我们应该在舞台上表演一场人类的仪式。来吧!"

他一手拿着酒瓶,像只鸡一样在舞台上昂首挺胸地走来走去,同时用费丽娜那首可笑的歌的调子唱道:"啦啦啦啦,咚咚咚……"在为塔米守夜时,这首歌被唱得那么悲伤,在观星酒吧的厕所里又被海利安唱了一遍。我看着伊基,猛地想起这个问题:海利安是怎么知道这首歌的?

伊基一下把我从疑惑中拉了回来。

"来呀!"他催促道,"快加入进来。塔米也一起!"

我完全搞不清到底要做什么。但这一切是如此疯狂,让我不由得发出了鸡的叫声,还拍打起了自己的手臂。我尽量不去想以后该如何告诉伊基苏西的遭遇。

当然,如果还有以后的话。

观众们看得一头雾水。黑条纹退到后面,交叉着双臂,不住地点头——显然对我们这些疯狂的地球人给观众带来的娱乐效果相当满意。

嘟嘟嘟嘟,小鸡跳!

哒哒哒哒,停不了!

嘟嘟嘟,小鸡跳把圣诞闹!

塔米的眼睛里仿佛闪过一抹亮光,她也渐渐加入了"嘟嘟嘟"的行列,开始随歌摇摆,拍打手臂。

"快来呀,塔米!"我鼓励她,"你记得这首歌的!"

在我们昂首阔步时,观众开始发出呼呼的声音。我想这可能是他们一生中第一次这么享受一件趣事了。至于我,尽管我仍然感到很害怕,但一想到他们竟然相信了这是人类交换礼物时会做的事,我还是忍不住在心里偷偷大笑起来。

在嘈杂声中,伊基问我:"你带着那块旧手帕吗?"

我伸手进口袋拿出我的手帕。我注意到在我们乱蹦乱跳的时候,伊基往舞台上洒了不少伏特加酒。现在有一串细流从舞台向后流去。

"伊森,把你的手帕撕成三段。赶紧撕,快,我们撑不了多久了。做好准备跟我跑!"

我一边咬住手帕的边缘,按照他说的把它撕成条状,一边在观众有节奏的呼呼声中模仿他滑稽的舞步。伊基拿起一段手帕,像个疯狂的莫里斯舞者一样在头上胡乱挥舞。我和塔米也跟着他这么做。

伊基对着观众们高声呼喊道:"好了,你们这帮家伙!谁想要火焰杯?"

我倒吸了一口气。我想起在塔米失踪那晚,当我冲进观星酒吧时,爸爸也喊了同样的话。难不成他要……?

伊基对我说:"接下来的别学我!"

他喝了一大口伏特加。他把酒瓶对着嘴举了很久,脸颊都变得圆鼓鼓了。

观众们发出"呼!"的声音给他捧场。

但我并不认为他真的喝了下去。

塔米和我仍在跳舞,观众仍在高呼。

伊基用手帕条捂住瓶口,再把瓶口倒过来,用超高浓度的波兰伏特加酒把手帕浸湿。我仍旧不知道他要干什么。他又摇了摇酒瓶,伏特加酒四处飞溅,最后他把酒瓶搁置在地板上,正好在放着他眼镜的小桌子前。

"你……你是在制作……"我说,他点点头,腮帮子仍然鼓得高高的。

他在制作"死亡射线"!

我立即知道我的使命是什么了。我接过他手中的酒瓶和他的舞蹈,把黑条纹的注意力通通转移到我身上,而伊基则退了回去。我几乎不敢扭头去看,但他真的这么做了。阳光非常强烈,几乎正好在我们的头顶上。伊基小心翼翼又故作随意地挪动着矮桌上的眼镜。阳光穿过酒瓶里的清澈液体,再进一步透过他厚厚的镜片得以集中。

伊基依然没把嘴里的酒咽下去，我想黑条纹已经注意到了。我能看到伊基的镜片在地板上形成了一个灼热的光点。他轻巧地把被伏特加浸湿的手帕踢到"死亡射线"的光束中。

我紧张得几乎无法呼吸，手帕随时都可能着火……然后呢？

尽管安萨拉人普遍拥有绝佳的智力和渊博的学识，但他们从来没有遇到过一个胆大妄为、受人排挤，甚至知道如何生火的十三岁潜在问题儿童。我的心怦怦地敲击着胸口，快要把我敲疼了。

起码有十秒钟过去了，观众们开始躁动不安，吼叫声和议论声不绝于耳。我想他们一定在喊："喂，地球小子，别再瞎蹦跶了！"

二十秒，我拼命克制自己不去看地上的手帕。伊基又跳到了我身边，示意我也拿起酒瓶喝一口，好给我们多争取一点时间。

我把酒瓶底朝天地对着嘴，咕咚灌了一大口。我看到有部分观众开始对着舞台指手画脚。我回头一看，一朵小小的火焰正在手帕上摇曳闪烁。

几秒后，整条手帕都开始燃烧起来。火势沿着我们洒下的酒水蔓延了好几英尺。黑条纹还没有注意到，但快了。

观众的呼喊声戛然而止，就像被按下了开关一样，取而代之的是一种呻吟声。一开始我并不知道是怎么回事，我只是看着观众。他们的眼睛都瞪得溜圆，相互间开始议论纷纷。

是恐惧。

这种对火的本能的恐惧，无论这些奇怪的生物教育水平有多高，临床基因工程克隆技术有多先进，都无法从他们体内彻底根除。

黑条纹张开双臂，正准备向前迈进一步。霎时间，浇满伏特加的舞台燃起了一大团蓝橙色的火焰。观众们开始往后退缩。

我猜到了即将要发生的事，于是抓住塔米的手，打算尽快离开舞台。安萨拉的警卫正朝我们走来。我把含在嘴里的伏特加喷到我的手帕上，弯腰把它放进一片火海中点燃。其中一个警卫拿出他的黑棍子，举起来想要打我。但我向他挥舞着燃烧的手帕，他吓得呆住了。

伊基把酒瓶高举过头顶，用尽全身力气砸向舞台，然后马上跳到一边。酒瓶被摔得支离破碎，舞台上顿时火光四射，伏特加酒熊熊燃烧起来。观众中爆发出阵阵惊叫声。

黑条纹被气坏了，她向前跨出两大步，一把抓起伊基。伊基把他满腮帮子的酒喷到她胸前，就像喷出了一条长长的小溪，酒精立即被点燃了。一条火舌舔着了黑条纹的毛发，她发出了凄厉的尖叫。

舞台上像炸开了锅。警卫已经撤退了，火焰在我们脚下四处舔舐。

"树林！"伊基大喊道，"把酒瓶扔进树林里！"

我抓起其中一个瓶子，使劲往树林里抛。酒瓶在高高的空中划出一道弧线，然后砸在一块岩石上，酒水溅得到处都是。火焰蹿上了我的手，我赶紧把着火的手帕扔出去，它一下点燃了洒出来的酒精。

"塔米！"我的喊声盖过了观众的嘈杂声，"扔石头，看谁远！扔石头，看谁远！"

塔米想起了我们的游戏。她抓起第三个酒瓶，把它抛向观众。地面上顿时绽开了一大摊酒，一簇火焰随即腾空而起。所有观众都吓得发出动物般的嚎叫声，他们惊慌失措，东逃西躲。

火焰顺着我们疯狂跳舞时洒下的酒，很快就蔓延开来，在大风的加持下张牙舞爪。我们三个从混乱的舞台后面跳下去。越来越多的干燥灌木丛也迸发出火花并燃烧起来。

在舞台上看守我们的两个警卫也抱头鼠窜了，他们的毛发燃着炽烈的火焰。黑条纹发出咝咝的吼叫声，疯狂拍打着爬到她头上的火苗。所有安萨拉人像发疯一般在熊熊火势中狼狈逃窜。

我和伊基分别抓着塔米的手，越过狂舞的火焰，进入一道浓密的烟雾中。

第七十二章

这一切是如此混乱，如此疯狂，我甚至来不及反应已经救出塔米这一事实。

（如果你期待着在这一片狂乱中，我和我的双胞胎姐姐会深情凝望着对方，然后投入彼此的怀抱里，诉说着再也不要分开的承诺，或者我会说"嗨，塔米"，然后我们再拥抱在一起。那么我告诉你，我也想这么做，但我并没有。）

我只顾着拉着塔米的手在灌木丛中奔跑，来不及好好庆幸她回到了我的身边。在满天火光的包围下，我们一心想着赶紧逃离这片火海。

我们三人在滚滚浓烟中不停奔跑，直到我们跑到树林中的一块空地上，才停下来用力咳嗽和大口喘气。我透过烟雾回头看，依稀看到两个，不，是三个安萨拉人朝我们的方向走来。如果我能看到他们，他们或许也能看到我。

"那边！"我一边剧烈咳嗽一边大叫道。

我能看到远处道格拉斯冷杉的顶端，那里就是力场缺口所在的位置。

伊基对于我的发令深信不疑，看上去还挺乐意让我来当领头人。

"那是我们唯一的希望了！"我喘着气说。

我们再次出发，塔米依旧一言不发。

我们一头扎进空地另一边的树林里。我只能大致猜测前进的方向，因为那棵大冷杉被其他树木遮挡住了。我们不得不一边避开灌木丛，一边调整方向。

我们身后的火势愈发猛烈，每隔一分钟左右就会传来一声巨响。在强风的煽动下，一丛丛干枯的灌木接二连三被点燃，发出噼里啪啦的声音。但好在我们一直赶在火焰的前头，而且似乎已经摆脱了身后的追兵。

我觉得我们应该安然无事了，我甚至放开了塔米的手。在前方几米处，那棵巨大的道格拉斯冷杉再次映入眼帘，这意味着力场的缺口一定就在这附近。塔米健步如飞，并没有像我和伊基那样气喘吁吁，然后：

咚！

她甚至来不及发出一声惨叫。塔米在全速奔跑时撞上一棵大树，一下子被弹了回去，倒在了地上。

"塔米！"我呼喊道，"伊基，等等！"

她躺在那儿，呆滞地盯着烟雾缭绕的天空，如死一般寂静。她的额头被划出一道深深的伤口，血流不止。

伊基跑回来，和我一起蹲在她身边。

"塔米！塔米！"我大喊，但她没有任何反应。

难道她死了吗？我无法判断，更不敢去想。她头上被撞到的地方已经肿了起来。我抓住她的肩膀，使劲摇晃她，然后把她搂进怀里，把头埋进她的头发。我不在乎她的头发有多脏，只希望着她能睁开眼睛。

"塔米,塔米……"我再次呼唤道。

伊基站在我们身旁,我抬头看他时,发现他脸上流露出恐惧的神情。我顺着他的目光看去,在朦胧的烟雾中,一个安萨拉人的身影向我们走来。身影跳过闷燃的灌木丛,朝我们步步逼近。

"不,不,不。"我喃喃说道,"千万别来,别在我们这么接近成功的时候……"

在我内心深处冒出一个想法:我肯定会被抓住的。我已经逃不动了。伊基跪在我和塔米身边,绝望地把头埋进手里。我向后移动身体,看着塔米的脸,就像看着一面镜子。

我和伊基能打倒一个安萨拉人吗?我想起了海利安对那只狗辛巴所做的事,恐惧让我的胃一阵抽痛。

"对不起,塔米,"我说,"我已经尽力了。"

这次我是真心认为我已经尽力了。我坐下来,垂头丧气,无论发生什么我也认命了。火势不断向我们蔓延,我能感觉到热气阵阵袭来。当身后追赶我们的安萨拉人走近时,我甚至没有听到任何声响,我只看到两只毛茸茸的六趾大脚走过来,站在我身边。

第七十三章

"我想,她还没有死。但我们必须尽快离开。"

海利安!我抬头一看,吁了一口气。我哽咽着站了起来。

"怎么……为什么……?"

肯定是她。她怀里还抱着一个圆滚滚的、黑黢黢的东西。

伊基也站了起来,脸上绽放出大大的笑容:"你说她会没事的,对吧?"他顿了顿,发出一声惊叹,"噢,我的天哪!苏西!你怎么了?"

一个黑乎乎的小脑袋从海利安怀里探出来,海利安举起苏西。可怜的苏西头上的毛被烧掉了,翅膀上的部分羽毛也被严重烧焦……

但它肯定还活着!当伊基提到它的名字时,它把头扭向了他。海利安把苏西递给伊基,伊基抱着它,如释重负、笑中带泪地抚摸着它可怜的、受伤的身体。

海利安俯身向前,用她的治疗棍在塔米头上移动。几秒后,塔米开始咳嗽。她眨眨眼睛,泪水顺着她烟痕交错的脸颊流下来。她看着我,用力眨了眨眼,再定睛一看。

"伊……伊森?伊森!"她用颤抖的声音说。

我们一下子紧紧地拥抱住对方,仿佛她是第一次见到我,仿佛之前的一个多小时并不存在。她摸了摸自己的头,然后看看手上的血迹，大惊失色。

"发生了……什么？"她问。

"你回来了！"伊基兴高采烈地在空中挥了一下拳，"你不再那么……古怪了！这是怎么回事？"

海利安说："可能是因为头部受到了撞击，记忆消除空（功）能遭受颅内重创后，导致了——"

"啊，别管它了。"塔米看着海利安说，"我猜你应该是好人吧？卡洛曾告诉我有一些好人存在。哎哟！"她挣扎着站起来时疼得龇牙咧嘴。

"来，拿着这个，继续在你的伤口上移动。"海利安说着把治疗棍递给塔米，"是的，我是好人之一。但那些可不是。"

她转过身去，指着她来时的方向。尽管烟雾弥漫，我还是能准确无误地辨认出黑条纹壮硕的身形。她穿过冒烟的灌木丛，迈着大步朝我们走来。

第七十四章

我们再次起身逃跑。伊基把苏西塞到他的胳膊下,努力跟上我们。

"我知道一条路,"我上气不接下气地说,"就在这附近。"

我之所以知道,是因为我感觉到力场造成的刺痛感。

"往后退。"我提醒他们,同时尽量快步向前走。

黑条纹和她的同伴们越来越接近了,但我感觉不到力场的缺口在哪里。

突然树木消失了,我看到飞船的前门打开,准备迎接我们。

"到底在哪里?"我焦灼地大喊道,然后对其他人说,"力场上有一个缺口,就在这附近。实际上就在这里。"

我指着我通过的地方,我甚至还能看到之前我趴下来躲避外围巡逻队时,地上所留下的痕迹。

当时巡逻队停了下来……

就在我通过的地方……

发出噪声……

我的肩膀顿时耷拉下来,我意识到这个缺口已经被修复了。这是理所当然的,修复缺口正是外围巡逻队的工作之一!菲利普甚至告知过我这一点。

黑条纹离我们只有三十米远了,他们甚至都不需要跑,因为他们能看出来我们已经插翅难飞了。

她用安萨拉语喊了几句话，然后用蹩脚的英语说："停下来，你们还可以活命。敢再试着逃跑，你们就会没命！"

我们已经走投无路了。我们左边的火焰不断飞腾过来，而我们正前方的黑条纹朝我们不断逼近，我甚至能看到她胸前和头上被伏特加烧焦的毛发。她的每个毛孔都散发出愤怒的气息。

苏西大叫一声，拍打着翅膀。

"嘘，苏西。"伊基说。

我看着它烧焦的羽毛，脑海中突然灵光一闪。我对其他人大喊："苏西曾飞向力场，并冲破了它！它穿过的地方留下了一个缺口，大约能维持四秒。我朝缺口扔过一块石头，缺口是可以被突破的！"

"这是不可能的，"海利安说，"你肯定会丧命的。苏西很幸运，也许是因为它的羽毛跑（保）护了它，也许……我也不清楚。"

我已经尽力了吗？

所谓的尽力包括冲破力场和牺牲自己吗？

这一切都发生在几秒钟内，回过神来时黑条纹离我们只有几步之遥了。忽然，附近的一棵树轰然倒下，溅起的阵阵火花和烟灰如同骤雨般落下，这让黑条纹后退了好几步。海利安趁此机会走近我。她面向着黑条纹，用他们的语言对黑条纹喊着什么。一根闷燃的木头挡在了黑条纹面前，她大声回答了几句，并绕过木头。

"你说了什么？"我问。

"我提醒她，当我们在学校的时候，我们曾看到一个人类为了救一个孩子，冲到了一辆汽车前面。不管怎样，我都将长眠不醒。所以，来吧！告诉杰夫父子，辛巴的事我很泡（抱）歉。"

"什么？"

她往后退了几步。

然后，毫无预警地朝力场冲去。

"不要啊，海利安！"我大叫起来，但为时已晚。

霎时随着一道蓝色的闪光和一阵响亮的噼啪声，一道裂缝撕开了力场。

强风吹散了烟雾，我看到了海利安穿过的那个白色缺口，以及躺在缺口另一边她那焦黑的身躯。

第七十五章

现在不是停下来多想的时候。

"快来吧!"我对同伴们说,同时把失声尖叫的塔米先从缺口中推了过去。

我肯定来不及了。

"快走!"我冲伊基大喊道,他也钻过去了。这时我看到力场的缺口正从顶部开始自动修复。

又一棵树在火势的进攻下轰然倒塌,但我全然不觉,我只剩下大约一秒的时间了。我冲向缺口,却被拽了回去。

是黑条纹,她枯瘦而有力的手揪住了我毛衣的领子。

她在我耳边咆哮着,我拼命地从她手中挣脱。我看到了她那张可怕的、烧伤的脸,闻到了焦煳的头发味道。

我已经尽力了,我想,并准备屈服了。这时落下的树木砸到她的背上,我们俩都摔倒在地上。

缺口底部仍有一个大约三十厘米宽的裂缝,我争分夺秒地冲向它,一口气滚了过去。在我的腿最后出来时,力场关闭了,一阵灼热的疼痛传遍了我的脚……

但我自由了。

我气喘吁吁,咳嗽连连,但还是撑着胳膊肘站起来,看着黑条纹。她被压在燃烧的树木下面,一动不动,烧得焦黑的脸上露出死一般痛苦狰狞的表情。这将成为未来几年内我挥之不去的噩梦,事实证明也是如此。

伊基匍匐在地上,一边干呕一边咳嗽,而黑乎乎的苏西在他身边的地上啄食。塔米弯着腰,双手撑在膝盖肮脏的牛仔裤上,大口喘着气。飞船在几米外的空中盘旋着等待我们。

海利安躺在我身旁。我想她应该不能动弹了,但我注意到她的胸腔正在轻微地起伏,我赶忙跑过去。

"海利安!海利安!"我在她耳边呼唤,她的眼睛忽闪着地睁开了,"你能听到吗?"

她眨了眨眼睛回应我。

我也眨着眼睛,试图恢复被泪水模糊的视线:"为什么?你为什么要这么做?"

"在我年轻的时候,我还不明白。"她的声音非常轻,似乎在对我说,也似乎在对自己说,"但我现在明白了,这就是所谓的舍己为人。"

"什么?"我说。

"牺牲。这是不理性的,但人类的本质就是不理性的。这才是重点。"她看着我,然后看向爬过来的伊基,"谢谢你们愿意做我的朋友。"

她的眼睛开始慢慢闭上。她抽动了一下手臂,用尽最后的力气把三根手指放在心脏的位置,然后闭上了眼睛。这一闭,我知道将是永远。

"嘿，孩子们！快进来，快点！外围巡逻队几秒后就会过来了。"

机器人的声音从未如此令我感到欣慰。

飞船在我们身边盘旋，我们进去后挤在一起。我的脚被力场严重烧伤，完全使不上劲了。一路上船舱里鸦雀无声。尽管有很多飞船向我们迎面飞来，朝着白色天空中浓烟滚滚的方向飞去，但没有任何人从地球区飞来追赶我们。

塔米坐在我身边，直直凝视着前方，同时握着我那只没被烧伤的手。她握得如此用力，说不定明天我的手就要瘀青了。

伊基抱着苏西，蜷缩成一团。

我什么话也不想说。

我们都意识到，我们要说的只有一句话，那就是：

我们该如何回到地球？

显然我们都想知道该如何回去，但只要我们没听到答案，我们就可以闭上眼睛，假装一切如常。这也正是我在这几分钟内做的事。我闭上眼睛，想象着我坐在校车上，塔米在我旁边，而伊基正在给我展示他的"死亡射线"。

先是两节连上的历史课，这不是我热衷的。但随后我们可以和可汗小姐一起进行艺术创作，她人还挺好的。画画的主题是太空旅行，我萌生了一个很棒的想法，那就是画一个外星城市……

这真不错，我想，只要我不睁开眼睛，一切都是那么美好。

但我还是睁开了双眼，我真希望自己没有这么做。

第七十六章

当我们接近地下洞穴时,洞顶打开了。飞船盘旋而下,然后锁定在停机位上。一路上我们都没有说话,颠簸使我们都坐直了身板。

"我们到家了吗?"塔米疲惫地问。

"还没有,孩子。我们将在这里待上一个小时。"菲利普说,"不要打扰我。用你们的话说就是,我要'离线'一小会儿,稍加修理一下飞船,以及进行电力检查。你们不要走太远。"

"我们安全了吗?"我问。

一阵停顿,菲利普接着说:"在这里被发现的概率为:18%。本地所有的通信都集中在地球区的火灾上了,这里的安保人员很少。"

"也就是说我们并不是百分百安全了?"

"是的。但你们又有什么时候是百分百安全的呢?"

我踩着被烧伤的脚走出飞船,感到钻心似的疼。一出到外面,我就听到了远处传来的声音。

呼……呼……呼……呼……呼……呼……

"你们听到了吗?"我问他们。

他们侧耳倾听,然后跟着一瘸一拐的我走到地面的金属楼梯上。虽然这相当冒险,但我必须知道发生了什么。

从我们的位置，我们可以看到山下一排又一排的乐高积木盒子。在我们身后的天空中，夕阳开始西沉；但在我们面前的地平线上，地球区却是一片烈火熊熊的橙光。

"哦，我的天哪，"伊基轻声说，"我们到底做了什么？"

呼呼声不断地从山底飘向我们。我们看到安萨拉人从乐高盒子里走出来，看着火光的方向。

"你觉得他们……开心吗？"塔米问。

"当然了。"一个声音从我们身后传来，"那是相当开心！"

我们转过身，不约而同地倒抽了一口气。在渐渐昏暗的夜色中，一个安萨拉人的身影被勾勒出来。

伊基吓得蹿到了楼梯边。那个身影说："没事的，不要怕。是我，凯兰。"

塔米说："我见过你，在他们把我带走的时候。是你……你把他们带来的。你背叛了我们！"

凯兰摇摇头，小心翼翼地朝我们走了一步，伸出双手掌心："不，我没有背叛你们。那是我们群体中的另一个安萨拉人，老阿什。但我不得不装装样子，否则我早就被判以长眠了。我欺骗了他们，这是一项宝贵的技能。我不得不相信人类还真有两下子，在这方面相当得心应手。你们会为自己着想，而我们却做不到。"

"可是……你怎么会在这里？"伊基警惕地说。

凯兰看着地平线上的橙色光芒，扬起头去听那不绝于耳的呼声："你们听到了吗？混乱创造机遇。就像你们一样，我也利用了这个机遇，所以……我才来到这里。顺便说一句，干得漂亮。我猜是你们的功劳？"

他的英语比海利安的好多了，但我仍然不确定是否要相信他。从塔米瞥向我的目光来看，她也是这么想的。

她说："所以你究竟为什么来这里？"

"你觉得是为什么？我是来看看海利安，确保她安然无恙的。她和我……"他的声音渐渐低了下去。凯兰看看我的眼睛，再看看塔米和伊基的，然后把手放在心脏的位置。我顿时明白了。

我不能告诉他。

塔米朝他走了一步，说："海利安没能撑过来。"

"撑什么？"他问。

"她……她死了。但若不是她，我们肯定活不下来。"

他杵在那里，直愣愣地盯了我们很久很久，最后缓慢地点点头。在眨眼时，两行泪沿着他脸颊上的绒毛蜿蜒而下。

"很抱歉。"我说，"我们都感到很抱歉。"

凯兰挺直腰板，擦干脸上的泪水，说："你们听。"然后指着山下。

从我们脚下的乐高城里飘来安萨拉人延绵不断的呼呼声，其中还混合着一阵阵的管弦乐。这段音乐我们曾在"疯狂米克"商店里听到过。

"乔治·格什温。"伊基笑着说。

《蓝色狂想曲》的节奏和萦绕不绝的哀号从每个扬声器和每

块屏幕里弥漫出来,在空气中回荡。

凯兰点头示意说:"我们将以这种方式来铭记她。这是很多年前从地球上流传过来的音乐,但很快就被……用你们的话说就是'禁止'了。在之后的好几个世纪里,在公共场合再也听不到音乐了。毕竟没有情感是无法享受音乐的。"

凯兰露出牙齿,似乎在微笑。

"那……那些顾问呢?"塔米望着城市,眉头紧锁,"那些人……他们听到不会生气吗?正是他们禁止了音乐。"

凯兰哼了一声,仿佛在嘲笑:"人?他们才不是人。顾问只是一种工具,一个运行着一切的庞大网络系统。它们可以维持整个星球的良好运作,只要每个居民都规规矩矩。"

他走了几步,站在一个长椅上,眺望着这座平坦城市的远方。他展开双臂,仰头看向天空。

"宇宙是永无止境的。我们已经探索了宇宙的很多地方。你们知道吗?宇宙中有很多其他物种的存在。有时间的话,我一定会和你们畅聊迪瑞恩星球上的八种迪瑞恩人,那是一个相当令人称奇的故事。可你们知道为什么安萨拉人想用人类来展览,而不是其他物种吗?"

伊基、塔米和我交换了一下眼神,然后对凯兰摇摇头。

"我无法想象。"我说。

"错了,"他说,"你可以想象。"他从长椅上跳下来,睁着悲伤又热情的大眼睛说:"你可以想象!这就是区别,这就是为什么你们让我们如此着迷。我们中的大多数在几百年前就丧失了想象的能力，经过一代又一代的自动繁殖和对顾问的过度依赖，想象力被进一步削弱了。我们所需要的只有事实，事实、信息、公式。"

"而你们地球人，你们会做梦，会撒谎，会欺骗，会说笑话，会讲故事，会创作音乐。你们彼此相爱，彼此憎恨。这一切都让你们与众不同，这意味着你们会拼搏斗争，也意味着你们令我们心驰神往。"他再次仰望天空，"你们的想象力甚至超越了无边无际的宇宙。"

呼呼呼的声音此时更加嘹亮了，呼声中蕴含着我从未听过的东西。音乐不停地循环，和音乐同步的呼喊声充满了欢欣喜悦。

凯兰说："听到了吗？这就像在唱歌！"他的嘴角再次露出那奇怪、悲伤、安萨拉式的笑容。

嗡嗡嗡的声音从我们身后传来。我们转过身去，看到巨大的三角形飞船从洞穴里升起，驶向我们。

"带小孩或鸡的乘客可以优先登船。请准备好你们的护照和船票。谢谢。"

奇怪的是，当我拥抱凯兰道别时，我几乎忘却了他身上的气味。

他回抱了我："你们回到地球后会告诉其他人吗？你们……会实话实说吗？"

"你觉得我们该怎么做？"

"有时候，事实被高估了。"他说。

片刻后，我们系好安全带，启程回家了。

第七十七章

这次的着陆十分平稳,没有溅起水花。菲利普把我们送到码头,我们就像下渡轮一样走出去。栈桥上积了厚厚一层雪,踩在脚下嘎吱作响。

"菲利普,你会没事吧?"我说。

"伊森,你说的'没事'指的是什么?"

我思考了一会儿,发现我也答不上来。

"你忘了吗?"他接着说,"我只是一堆数据而已。我不是真实存在的。"

"不,你是。"塔米抗议道,"对我们来说你就是真实的!"

"这就是为什么我喜欢人类。只要稍加想象,你们就可以把一切都看作是真实的。"

有一件事一直困扰着我。我想,如果现在不问,以后就再也没有机会了:"菲利普,你跟海利安唱过《小鸡跳》这首歌吗?她知道这首歌,可是……"

"没有,伊森。我从来没听过这首歌。很好听吗?"

我什么也没说,脑海里回想起奶奶说过的话:在我不知道的某个地方,肯定存在着某些关联……

"还有一件事,菲利普。"伊基的话打断了我的思考,"安萨拉上还有一些人类,比如卡洛,他还会回来吗?"

"这就是我喜欢人类的另一个原因:关心。我想这得看卡洛自己的打算,以及我回去之后的情况而定。祝我好运吧!"

我微笑着说:"你不是不相信运气吗?"

"在经历了这几天的事之后,我或许已经改变主意了。"

我突然想给菲利普一个拥抱,但只能退而求其次,拍一拍这艘我看不见的飞船的侧身。一阵巨大的嗡嗡声响起,深暮蓝的湖面上腾起一柱蒸汽。

我们一直等到蒸汽散去,才转身沿着栈桥走向小镇。苏西拍打着烧焦的翅膀,伊基大步走在前面,双手深深插在短裤的口袋里。因为来不及找回眼镜,他只能一直眯着眼睛。

我们沉默了片刻,伊基突然停下来:"你也在想她吗?"

海利安。

塔米和我对视了一眼,同时点点头。这应该就是"双胞胎的心灵感应",我们的想法总是不谋而合。塔米挽住了我的手。

"她已经尽力了。"我说。

"你也是。"塔米捏了捏我的手臂。这种感觉太棒了,我真切感受到我的姐姐回来了。

下一秒,我们仿佛进入了"温情一刻"。塔米看着我说:"谢谢你。"而伊基只能眼巴巴地望着我们,神情有点尴尬。

我们继续踏雪前行。没多久,我们便看到了观星酒吧的前院,那里被车辆、灯光和电视摄像机堵得水泄不通。我们停了下来。

"我们要把事情的经过一五一十地告诉他们吗?"伊基最后

开口问。

"不知道。"我咧嘴笑了笑,把目光从塔米双眼上移开,"你认为呢?"

塔米什么话也没说,而是再次拥抱了我。这时我感觉到她外套里有一个硬邦邦的东西。这也让她大吃一惊,她困惑地皱着眉头,然后掏出了海利安的治疗棍。

"好吧,"她说,"如果我们决定要告诉他们,那么我们已经证据在握了。"

第七十八章

我们沿着车道往酒吧走。一想到要回到灯光闪烁、挤满记者和围观群众的地方,我们心里都七上八下的。

"准备好了吗,伊基?"我问。

伊基拉低帽子,挺直肩膀,说:"当你放火烧了一个离家上亿亿公里的人类动物园之后,伊森,就再也没有什么能吓倒你了。来吧,苏西,做一只听话的鸡。"

他大步流星地继续前进,苏西跟在他后面。我拖着酸痛的脚,和塔米一起大笑着,努力跑步跟上他。

我听到有人大喊:"噢,我的天哪!是他们!是他们!"

灯光转过来,闪得我们眼花目眩。在接下来的几分钟里,模糊的人影蜂拥而上,呼喊的声音此起彼伏。有伸手触摸我们的人,有咔嚓闪光的摄像机,还有越来越喧哗的喊叫声。我的视线变得模糊,泪水沾湿了眼眶。

我听到塔米说:"奶奶,快起来。"奶奶跪在坚实的雪地上。她们又哭又笑地拥抱在一起。

似乎每个人都在大声嚷嚷。有人对奶奶说:"我就知道不是你,克莉丝汀!"奶奶满意地点了点两鬓斑白的头。叫喊声愈加嘈杂了。

"塔米,看这边!"

"伊森,你能和我们说说吗?"

"伊基,你去了哪里?"

我还听到有人说:"老天,这是什么味道?"

我们甚至不知道是怎样走进酒吧大门的。奶奶设法关上我们身后的门,插上门闩,把其他人都关在了外面。嚷叫声顿时被隔住了,但摄像机的闪光灯仍然在响。奶奶的眼中闪着急切的光芒,她甚至没有给我们拥抱。

她向我们靠过来,低声说:"谁都不知道呢!我一个字也没说。"她回头扫了一眼外面的一名警察,他正透过门上的玻璃探头窥看,"相信我,他们可是问了一大堆问题。"

我惊讶万分,磕磕巴巴地说:"可……怎么会?我是说,为什么?"

奶奶咧嘴一笑,冲我眨巴了一下眼睛:"因为我相信你,我相信那个叫海利什么的。我知道你们一定会回来的。"

"就像双胞胎的心灵感应那样吗?"我说。她点点头。

"你也可以称之为祖孙俩的心灵感应。来,我们进去吧。"

我们还没来得及进去,里面的门就忽地打开了,妈妈和爸爸冲过来把我们紧紧拥入怀里。妈妈嘴里不断重复着:"哦,我的宝贝们,哦,我的宝贝们。"一遍又一遍。在那一刻,伊基显得有点孤单可怜。他只好挂着一丝空洞的微笑,扫视着人群寻找他妈妈的身影。苏西仍然跟在他脚后。

爸爸顺着我的目光看到了伊基,脸色瞬间凝固了。我不知道爸爸在想什么,但我感到一股寒意像窗外萧瑟的冷风一样吹向我们。我知道爸爸向来不喜欢伊基，但此时这似乎有点苛刻了。

"爸爸，"我说，"这不是伊基的错。如果没有他，我们是不可能把塔米救回来——"

妈妈打断了我的话。"伊基，"她说着朝里面扭扭头，"有人要见你。"

伊基顺着妈妈的目光往里看，一个面容憔悴、戴着眼镜的男人正站在台球桌边。一看到他那头卷曲的红发，我立刻猜到他是谁了。

伊基二话不说，飞奔过去抱住他的爸爸。科拉走上前去，伊基也抱住了她。尽管他父母没有相互拥抱，但我看到他们向彼此露出了会心一笑。伊基的爸爸说："对不起，伊基。对不起，科拉。"所有的不快都一笔勾销了。他弯下腰，挠了挠苏西烧得焦黑的脑袋。

我听到爸爸走到我和塔米身后，我们仍然紧握着彼此的手。

他说："那个小伙子还不错。"

新年佳讯：基尔德儿童平安归来

12月31日，诺森伯兰郡基尔德镇

昨日，三名失踪的基尔德儿童终于重返家园。他们衣衫褴褛，身上血迹斑斑，满身的烟味、汗味和堵塞的下水道味。在欢呼和泪水中，他们步履蹒跚地回到了他们的家乡。

塔玛拉·泰特（昵称"塔米"，12岁），她的双胞胎弟弟伊森，以及他们的好朋友伊格内修斯·福克斯－坦普尔顿（13岁）之前在全欧洲引发了大范围的搜索。自从塔米在平安夜失踪之后，这两个男孩也在两天前失踪了。

当事人和他们的父母都拒绝了所有的采访。

诺森伯兰警察局的贝特·泰勒医生发表了一份声明，证实三个孩子虽然饿了几天肚子，但健康状况良好。她说，除了轻微的肿块和严重的烧伤，他们没有受到致命的伤害。她还表示："只要睡个好觉，吃顿好饭，他们就会没事了。"不过她拒绝评论他们的精神状态："这是警方顾问的事。"

梅尔和亚当·泰特是这对双胞胎的父母，也是基尔德镇观星酒吧的老板。据描述，他们对孩子们的回归"欣喜若狂"。而双胞胎72岁的祖母克莉丝汀·泰特则宣布，她将参加马拉松比赛，以援助诺森伯兰郡国家公园的山地救援队。

伊格内修斯的爸爸德里克·福克斯－坦普尔顿昨日从纽约的家中赶到英国，以支援紧锣密鼓的搜寻工作。他拥抱着儿子，告诉等待的记者："伊基想先跟我和他妈妈谈谈。"他继而感谢了搜救队的工作，感谢了观星酒吧在过去的七天里作为基地为他们提供援助。

新闻有整整好几页。我们出现在每份报纸、每个网站上，就连电视新闻也在报道。但我们仍然对真相闭口不谈，只有最亲近的人才知道全部事实。

第七十九章

就像大家预想的那样,杰夫父子最终只能告诉那些愿意听他们故事的人:我们被一艘隐形的外星飞船绑架了。

他们的故事登在 www.NorthumbrianNews.com 上,标题为"一对父子声称火星人用太空飞船带走了基尔德儿童"。

底下的几十条读者评论无一例外都在嘲笑这个故事,并痛斥他们恬不知耻,散布这种荒谬的谣言。除非他们拿到证据,否则没有人会相信他们。

皇家空军发表了一份声明,否认对这些说法知情,而新闻记者杰米·贝茨则对此事保持沉默。

今天是开学前一天的早晨,我们三人——伊基、塔米和我——正坐在空荡荡的观星酒吧里。

爸爸在翻来覆去地研究手中的治疗棍,一会儿看看刻在侧面的奇怪符号,一会儿抚摸它光滑的表面,然后掏出他的手机。

"杰夫·麦凯?我是观星酒吧的亚当·泰特。我已经拿到它了,就是……你想要的东西。"

二十分钟后，杰夫父子走了进来。小杰夫拿着一个放乐器的长木箱，老杰夫朝我们撇了撇嘴，什么也没说。小杰夫把箱子抬到台球桌上，按下两个卡扣。

布纹的盖子里有一个标签，上面写着"老板公司"，下面是拆成两部分的猎枪。木制枪托和枪管挨在一起，还有其他零零碎碎的部件，全都整整齐齐地排列在里面。

"给你。"小杰夫说，"老板牌古董猎枪，有雕花，叠排式，12号口径，28英寸双管枪。四年前最后一次估价为六万英镑。枪管上有轻微锈迹。"

爸爸缓缓地点点头，从他后面的口袋里拿出治疗棍。"小心点。"他说着把它递了过去，"这个东西很脆弱。"

小杰夫双手接过，轻抚着它，然后对老杰夫露出得意扬扬的傻笑。老杰夫说："和你做生意很愉快，亚当。"

他伸出手来，爸爸没有理会，而是把枪盒的盖子扣上，把它从台球桌上抬起来，递给我。

"把它放在汽车的后备厢里，我马上就到。至于你们俩，"他用严厉的目光盯着杰夫父子，"我打心底里再也不想见到你们了。我建议你们找另一家酒吧，这里不再欢迎你们了。"他顿了顿，然后低吼道，"滚出我的酒吧。"

他们攥着棍子走了，看上去十分满意。

"这就是我所说的证据。"小杰夫对他爸爸咕哝道。

奶奶带着苏西在栈桥的尽头等我们。她穿着最暖和的运动装,头顶上空云雾缭绕。

爸爸一直待在小路上方的车里:"去吧,孩子们。一切都取决于你们。"

"成功了吗?"奶奶问。

我们都点点头,她露出笑容。

塔米把手伸进她的羽绒服里,拿出了一根治疗棍。

"等等,"伊基说,"真的确定要这么做吗?"

"没错。"塔米说,"海利安说过我们都太原始了,根本无法应付这种技术。"

"她说得对。你觉得呢?"我说。

伊基推了推他的新眼镜,弯腰抱起羽翼恢复蓬亮的苏西:"同意。我真希望当杰夫父子发现他们耗费一个价值六万英镑的古董,却换来一个用独木舟桨柄做成的复制品时,我能在现场。"

"请注意,这是一个很完美的复制品。"我说,"我爸爸为它花了好几个小时呢!"

"那把猎枪本来就不属于他们。"奶奶咯咯地笑着说,"今天它将回归到它原来的主人手中了。可怜的莫林,这么多年来终于可以走财运了。"

我望向基尔德湖,水面波平如镜,一派冬日的蓝色,正是玩扔石头游戏的好时机。

"谁来说点什么吧。"我提议道。

"好吧。"塔米说,"这样如何?"她深吸一口气,"我们一起走过了很长的路,但还有更长的路要走!"她停了一下,向后拉伸她的手臂做好准备,"三,二,一……"

苏西捋了捋自己的羽毛,和我们一起观赏治疗棍在蓝蓝的天空划出一道弧线。随着一朵小水花在水面绽放,治疗棍消失在了海利安的飞船第一次降落的地方。

致谢

我感到万分幸运，因为我的出版商能让我不受干扰地专心工作。这一切都要归功于哈珀柯林斯出版社的优秀编辑尼克·雷克，以及他身后包括萨曼莎·斯图尔特和玛德琳·史蒂文斯等人在内的一支敬业、勤劳、出色的团队。我对他们所有人表示衷心的感谢。

我还要借此机会感谢杰拉尔丁·斯特劳德、杰西卡·迪恩和哈珀柯林斯出版社其他杰出的宣传人员，他们一年到头奔波劳碌，使我的书能备受关注。（并带我准时参加活动！）

我还要向封面艺术家汤姆·克洛霍西·科尔和封面设计师们致以崇高的敬意。正是他们让我所有书籍的外观脱颖而出。

感谢以上所有人！

罗斯·威尔福德